चित्रा मुद्गल

प्रख्यात कथाकार चित्रा मुद्गल का जन्म 10 दिसम्बर, 1943 को हुआ।

उनकी प्रमुख कृतियाँ हैं—'आवां' (आठ भारतीय भाषाओं में अनूदित), 'गिलिगडु', 'एक ज़मीन अपनी', 'पोस्ट बॉक्स नम्बर 203 : नाला सोपारा' (उपन्यास); 'इस हमाम में', 'चेहरे', 'लपटें', 'जगदम्बा बाबू गाँव आ रहे हैं', 'भूख', 'ज़हर ठहरा हुआ', 'लाक्षागृह', 'अपनी वापसी', 'ग्यारह लम्बी कहानियाँ', 'जिनावर', 'मामला आगे बढ़ेगा अभी', 'केंचुल', 'आदि-अनादि' (तीन खंडों में), 'प्रतिनिधि कहानियाँ', 'शून्य' (कहानी-संग्रह); 'तहख़ानों में बन्द अक्स' (कथात्मक रिपोर्ताज); 'जीवक', 'माधवी कन्नगी' और 'मणिमेखलयी' (बाल उपन्यास); 'दूर के ढोल', 'सूझ-बूझ', 'देश-देश की लोककथाएँ' (बाल कथा-संग्रह); 'बयार उनकी मुट्ठी में' (लेख); 'सद्गति तथा अन्य नाटक', 'पंच परमेश्वर तथा अन्य नाटक', 'बूढ़ी काकी तथा अन्य नाटक' (नाट्य-रूपान्तर)।

उन्होंने अनेक पुस्तकों का सम्पादन किया है। दूरदर्शन के लिए टेलीफ़िल्म 'वारिस' का निर्माण किया है। प्रसिद्ध कहानियों पर आधारित 'एक कहानी', 'मंझधार', 'रिश्ते' सरीखे धारावाहिकों में उनकी कई कहानियाँ सम्मिलित हुई हैं। वे प्रसार भारती की बोर्ड मेम्बर और उसी की इंडियन क्लासिक कोर कमिटी की अध्यक्ष रह चुकी हैं। वे 42वें और 68वें नेशनल अवार्ड की ज्यूरी सदस्य रही हैं।

उनका उपन्यास 'आवां' बिड़ला फ़ाउंडेशन के 'व्यास सम्मान' से सम्मानित है। उन्हें 'इन्दु शर्मा कथा सम्मान' (लन्दन), 'पुश्किन सम्मान' (रूस), 'साहित्य सम्मान' (हिन्दी अकादमी, दिल्ली), 'अवन्ती बाई सम्मान', 'साहित्य भूषण सम्मान' और 'वीरसिंह देव सम्मान' के साथ ही सामाजिक कार्यों के लिए 'विदुला सम्मान' से भी सम्मानित किया जा चुका है।

सम्पर्क : mail@chitramudgal.info

जगदम्बा बाबू गाँव आ रहे हैं

चित्रा मुद्गल

रेमाधव पेपरबैक्स

पहला पुस्तकालय संस्करण
रेमाधव पब्लिकेशन्स प्राइवेट लिमिटेड द्वारा
2011 में प्रकाशित

रेमाधव पेपरबैक्स में
पहला संस्करण : 2023

रेमाधव पेपरबैक्स : उत्कृष्ट साहित्य के जनसुलभ संस्करण

रेमाधव पब्लिकेशन्स प्राइवेट लिमिटेड
जी-17, जगतपुरी, दिल्ली-110 051
द्वारा प्रकाशित

शाखाएँ : अशोक राजपथ, साइंस कॉलेज के सामने, पटना-800 006
पहली मंजिल, दरबारी बिल्डिंग, महात्मा गांधी मार्ग, प्रयागराज-211 001

वेबसाइट : www.remadhav.com
ई-मेल : contact@remadhav.com

बी.के. ऑफसेट
नवीन शाहदरा, दिल्ली-110 032
द्वारा मुद्रित

मूल्य : ₹ 199

JAGDAMBA BABU GANV AA RAHE HEIN
Stories by Chitra Mudgal

ISBN : 978-93-95328-03-6

कुमार दा को...
जिन्होंने अपने व्यक्तित्व
को मनुष्यता पर हावी
नहीं होने दिया

कहानियाँ लिखती कहानियाँ

कुछ कहानियाँ प्रकाशन के साथ ही पत्रिका की जिल्द से बाहर निकलकर स्वयं कहानियाँ लिखने लगती हैं।...

'जगदम्बा बाबू गाँव आ रहे हैं' कथा-संकलन की शीर्षक कहानी 'जगदम्बा बाबू गाँव आ रहे हैं' पहली बार 9 अगस्त, 1987 को 'धर्मयुग' के स्वाधीनता विशेषांक में प्रकाशित हुई थी। कहानी कुछ महीने पहले भी छप सकती थी लेकिन डॉ. भारती ने सूचित किया था कि वे 'जगदम्बा बाबू गाँव आ रहे हैं' को 15 अगस्त के 'धर्मयुग' के स्वाधीनता विशेषांक में विशेष रूप से प्रकाशित करना चाहते हैं। उन्हें 'जगदम्बा बाबू गाँव आ रहे हैं' भारतीय राजनीति से आम आदमी के मोहभंग और उस पर से उठते विश्वास की गम्भीर कहानी लगी। मैं डॉ. भारती के स्वयं की रचनात्मकता के प्रति 'गम्भीर' शब्द को उनकी गहरी सदाशयता के रूप में लेती रही हूँ। उन्होंने व्यथित स्वर में कहा था, राजनीतिक भ्रष्टाचार और उसके बढ़ते अपराधीकरण ने आज़ादी पाने के आम आदमी के सपने को बड़ी निर्ममता से चूर-चूर कर दिया है। बावजूद इसके, उनके लिए स्वराज 'जगदम्बा बाबू गाँव आ रहे हैं' के रूप में बची-खुची वह आस है जनतन्त्र की, जिसका सपना अनेक छलावों के घात-प्रतिघात के बाद भी उनकी आँखों में शेष है। सुक्खन भौजी वही आमजन हैं चित्रा!

कहानी ने प्रकाशन के साथ ही 'धर्मयुग' के विशाल पाठक वर्ग के मर्म को गहरे उद्वेलित किया था, डॉ. साहब के 'गम्भीर' विशेषण को व्याख्यायित करते हुए। और मुझे आश्वस्त कर गई थीं पाठकों की निरन्तर आवक बनाए हुए विचारोत्तेजक

पत्र-प्रतिक्रियाएँ, कि सर्वहारा की प्रतिनिधि 'जगदम्बा बाबू गाँव आ रहे हैं' की सुक्खन भौजी और उनका विकलांग बेटा ललौना, अपने संघर्ष में अकेले नहीं हैं...

इन्हीं तमाम पत्रों में से एक पत्र डॉ. धर्मवीर भारती—सम्पादक 'धर्मयुग' के नाम से था। पत्र मात्र पत्र भर नहीं था, सीधे-सीधे कानूनी कार्यवाही की धमकी थी। मान-हानि की नोटिस। यह भी कि क्षत्रियों की प्रतिष्ठा पर कीचड़ उछालने की सायास कोशिश है 'जगदम्बा बाबू गाँव आ रहे हैं'। संग यह भी कि 'धर्मयुग' जैसी प्रतिष्ठित पत्रिका को ऐसी कोशिशों को सफल बनाने का मंच बनने से बचना चाहिए।

...लेखिका की उद्दंडता का उपचार वे जानते हैं कि कैसे किया जाना चाहिए। वह नितान्त पारिवारिक मामला है।...

भारती जी अनमने हो आए थे। सुनकर मैं भी।

भारती जी ने कहा था कि वे नहीं चाहते हैं कि इस कहानी को लेकर कोई कानूनी प्रपंच खड़ा हो। हालाँकि 'धर्मयुग' और उन पर समय-समय पर खड़ी की गई कई कानूनी अड़चनों का सामना उन्होंने किया है और वे अब भी कर सकते हैं। मगर वे इस परिप्रेक्ष्य में मेरे घरवालों से दूर रहना ही वाज़िब समझते हैं।

डॉ. साहब की खिन्नता स्वाभाविक थी। बहुत पुराना कड़ुवाहटें उगलता एक प्रकरण अनायास स्मरण हो आया था उन्हें। जिसका सम्बन्ध हमारे परिवारवालों से जुड़ा हुआ था।

1965 में मेरी और अवध की शादी को लेकर खिन्न घरवालों ने हमें अलग करने के लिए, साम, दाम, दंड, भेद की सभी युक्तियाँ आजमा डाली थीं।

उनके राजनीतिक सम्पर्क और प्रभाव की ही परिणति थी कि उस समय के मशहूर मराठी अखबार 'मराठा', सम्पादक आचार्य अत्रे, जो मराठी नाट्यजगत् के जाने-माने प्रभावशाली रंगकर्मी थे, हमारे ब्याह के विरोध में 'मराठा' में एक अग्रलेख लिखा था, जिसकी सुर्खी थी 'हाच तो बदमाश टाइम्स ऑफ इंडिया उपसम्पादक—अवध नारायण मुद्गल।' सुर्खी के सामने अवध की तसवीर भी प्रकाशित की गई थी। भीतर हमारे ब्याह के प्रसंग के साथ-साथ धर्मवीर भारती और पुष्पा शर्मा के अवैध सम्बन्धों की चर्चा का मसाला भी विस्तार से पिरोया हुआ था कि पत्नी कान्ता भारती के रहते हुए दोनों मुम्बई में साथ रहते हुए रंगरेलियाँ मना रहे हैं। आशय यह कि 'टाइम्स ऑफ इंडिया' जैसी प्रतिष्ठित समाचार संस्था में कैसे-कैसे चरित्रहीन

सम्पादक और उपसम्पादक काम कर रहे हैं, जिनके चलते उनकी विश्वसनीयता को आघात पहुँच रहा है।

आज जाने क्यों भारती जी के साथ स्वर्गीय लगा पाना मेरे लिए सम्भव नहीं हो पा रहा है।...

वैसे भी, 'अन्धायुग', 'कनुप्रिया' और 'सूरज का सातवाँ घोड़ा' जैसी कालजयी कृतियों का लेखक स्वर्गीय हो भी नहीं सकता उनके प्रशंसकों के मन में।

बहरहाल, भारती जी ने यह भी बताया था कि एक तो वह निरन्तर अपने गिरते हुए स्वास्थ्य के चलते अत्यधिक चिन्तित हैं। दूसरे, 'धर्मयुग' को लेकर वर्तमान प्रबन्धन की वितृष्णा पैदा करनेवाला जो रवैया इधर पनप रहा है, उससे वे सहमत नहीं हो पा रहे हैं। मानसिक तनाव गहरा रहा है। 'धर्मयुग' का वर्तमान आकार वे छोटा करना चाह रहे हैं जो उनके लिए तक़लीफदेह है। 'धर्मयुग' से कभी वे अलग हो सकते हैं। उम्र भी हो रही है। बावजूद इसके अशोक जैन जी का आग्रह उनके बने रहने के पक्ष में है। बेहतर होगा कि इस सन्दर्भ में मैं अपने परिवार के उस असन्तुष्ट बुजुर्ग से व्यक्तिगत तौर पर क्षमा याचना कर लूँ और मसले को निजी स्तर पर ही निपटा दूँ।

कई दिनों तक क्षोभ और द्वन्द्व में डूबी अनिर्णय की स्थिति से स्वयं को उबारने के लिए छटपटाती हुई मैं, अन्त में इस निर्णय पर पहुँची कि अपने चेतन से विश्वासघात करना सम्भव नहीं है मेरे लिए।

पाठकों के पत्रों ने मेरे निर्णय को भरभराने नहीं दिया। सम्बल देने आगे बढ़ आए वे एकाएक। 'धर्मयुग' के चार अंकों तक उनके पत्र छपते रहे।

बस, मैंने एक काम किया। अपनी कानपुरवाली बिट्टी बुआ को प्रतिवाद भरा एक ख़त लिखकर भेज दिया। वे खुद सोचें और मुझे जीने की गुंजाइश दें। परिवार से जब मुझे घर निकाला मिला ही हुआ है, तो फिर मैं क्या लिखती हूँ क्या नहीं, इससे उन्हें मतलब? और अगर मान लो, घर से निकाला न भी मिला हुआ होता तब भी मैं अपनी अभिव्यक्ति चेतना को किसी भी ठियाँ रहने-रखने को राजी न होती। आप अपने पितियाउत भाई से बात कर लें।

'धर्मयुग' से आखिर डॉ. धर्मवीर भारती 26 नवम्बर, 1987 को अलग हो ही गए।

बिट्टी बुआ की पहल के चलते क्षत्रियों की प्रतिष्ठा का मामला बुझा तो नहीं

मगर उसकी लपलपाती लपटों की भभक अलबत्ता किसी सीमा तक कुछ शान्त हो गई और मैं एक बार फिर उस लपट से झुलसने से बच गई। चूल्हे में तुपे अगियार-सी।

उस अगियार से राख हटाकर एक बार फिर उसे मेरे विरुद्ध फूँका गया जब इसी संग्रह की एक अन्य कहानी 'लकड़बग्घा', 15 दिसम्बर, 1990 के नववर्ष के उपहार विशेषांक में गणेशमन्त्री जी के सम्पादकत्व में प्रकाशित हुई।

इस बार मैंने अपनी अप्रतिम सुन्दरी बिट्टी बुआ को बिचौलिया बनाते हुए उन्हें कोई चिट्ठी नहीं लिखी। सीधे उन्हीं को लिखी। क्योंकि चेतावनी भरी नोटिस सीधे मुझे ही भेजी गई थी।

लिखी गई उस चिट्ठी में मैंने उन्हें यह जरूर लिखा था। उस लिखे हुए को मैं अब तक विस्तृत नहीं कर पाई हूँ कि 'कुटुम्ब के लिए मर गई या मार दी गई लड़की के मन में, उसकी लाख कोशिशों के बावजूद उसका गाँव-जवार उसके भीतर से बेदखल नहीं होता न गाँव-जवार ही उसे अपने गली-गलियारों से बेदखल कर पाता है जिसकी छाती की भूसी-माटी पर अब भी उसके पावों के निशान शेष होंगे।' बिट्टी बुआ से यह भी खबर मिली थी। जख्मी मन-तन के घावों पर आ लगी पुलटिस की तरह कि जिस घर ने मुझे जिन्दा रहते मरा हुआ घोषित कर दिया था, उसी घर में मुझे जिन्दा रखने की कोशिश हो रही है। गाँव से अचानक रात साढ़े दस-ग्यारह के बीच नरेन्द्र भैया का फोन आया था एक रोज। चित्रा, आकाशवाणी के नेशनल चैनल पर तुम्हारी कहानी 'भूख' का नाट्यरूपान्तर सुना—आँखें भीग गईं।

आकाशवाणी के नेशनल चैनल के लिए प्रोड्यूसर सोमदत्त शर्मा ने 'भूख' का नाट्यरूपान्तरण करवाया था। उसे अंग्रेजी में किया था कथाकार कवि गंगाप्रसाद विमल ने!

जीवित हुई बिटिया को घर गुहारने लगा। आजी के बचने की उम्मीद नहीं है बिटिया, आकर देख जाओ। देखना चाहती है वह तुम्हें! तड़के मच्छरदानी के भीतर हाथ डाल आजी झकझोर के उठा देती थीं—'बिटिया, गंगा नहाय क न चलिहौ? उठठौऽऽ कपड़ा लई लेयो अपने...'

पहुँची तो खमसार में मात्र मुलाकात हुई आजी के खाली पड़े पलंग से। पलंग की पाटी पर सिर टिकाया तो एकाएक महसूस हुआ कि सिर को फूली हुई नसोंवाला एक हाथ सहला रहा है...

सोच रही हूँ और जब-तब इस विषय पर सोचती भी रहती हूँ कि कहानियों के द्वारा लिखी गई कहानियों को मैं कैसे लिखूँ!

अनुमति देंगी कहानियाँ? देंगी। जरूर देंगी। शायद कोशिश किए बिना ही मैं अनजाने संशय पाले बैठी हुई हूँ। उनके भीतर की समाई इतनी चिरकुट नहीं होती कि मैं उन्हें लिखना चाहूँ तो वे मेरी कलाई धर लेंगी।...

यह भी उल्लेख कर देना अनुचित न होगा कि अपने छठे कथा-संकलन का नाम मैंने इसी उत्पाती पाठकों की दुलारी कहानी के नाम पर रख दिया 'जगदम्बा बाबू गाँव आ रहे हैं'।

'जगदम्बा बाबू गाँव आ रहे हैं' कथा-संग्रह का प्रथम प्रकाशन आज से 18 वर्ष पूर्व, 1992 में 'नेशनल पब्लिशिंग हाउस' द्वारा हुआ था। प्रकाशक थे उसके कन्हैयालाल मलिक। लाड़, मान, प्यार से हम सब उन्हें बड़े मालिक साहब कहकर पुकारा करते थे। उनके लिए मैं चित्रा नहीं रचना थी। एक रोज शानी जी के घर पर उन्होंने बड़े मनुहार से कहा था—अपनी कोई पांडुलिपि प्रकाशन के लिए हमें क्यों नहीं देतीं? हम अच्छी किताबें छापते हैं! तुम्हें छापकर हमें खुशी होगी रचना! बड़े मलिक साहब आज हमारे बीच नहीं हैं मगर उनकी कमी खलती है। वो दिन लेखक-प्रकाशक के बीच व्यावसायिक रिश्तों और अनेक मनमुटावों के बावजूद, गहरी आत्मीयता के सुनहरे दिन थे जिसकी ऊष्मा अँकुआए सम्बन्धों के दुख-सुख का सोख्ता हुआ करती थी। इन्हीं ऊष्मा भरी कड़ियों की एक कड़ी थे 'सामयिक प्रकाशन' के प्रकाशक जगदीश भारद्वाज! स्वर्ग तक कोई तार-बेतार नहीं जाता कि मैं पहले की तरह उनसे उन मुद्दों पर संवाद कर सकूँ जिन पर उनकी बेबाक राय कुछ उलझी गाँठों को अपनी चुटकी से, मिनटों में खोल दिया करती थी। उसी कड़ी में हमारे दरमियान अब भी मौजूद हैं अपनी बुजुर्गियत की सेहत बनाए हुए प्रभात प्रकाशन के श्यामसुन्दर जी, मानुष से अमानुष होते मनुष्य को बार-बार अपनी सहज सुबोध कविताओं में चेताते, गुहारते 'राजपाल एंड संज' के प्रकाशक विश्वनाथ जी; 'हिन्द पॉकेट बुक्स' का क्रान्तिकारी इतिहास रचनेवाले दीनानाथ मल्होत्रा जी, 'राजकमल' की शीलासन्धू जी और 'किताब घर' के सत्यव्रत जी। इन सबका उल्लेख कहानियाँ रचती कहानियों के सन्दर्भ में इसलिए की क्योंकि प्रकाशकों की युवा पीढ़ी प्रकाशन को मात्र व्यवसाय ही न समझे, लेखक-प्रकाशक के मध्य पनपनेवाले उस बिरादरी

भाव को पुख्ता करने वाली उस आत्मीयता को भी पल्लवित करे, जो कभी उनके बीच हुआ करती थी। और जो आज बाज़ारवादी मानसिकता के पीछे इस कदर दुबकने को व्याकुल हो रही है कि लगता है कि उस परस्परता को दुबारा हासिल करना दोनों जमातों के लिए दुर्लभ लक्ष्य है।...

'जगदम्बा बाबू गाँव आ रहे हैं' मैंने समर्पित की थी, 'फिल्म इंडस्ट्री जनरल' के यशस्वी सम्पादक और फिल्मों के मशहूर संवाद और पटकथा लेखक, पारिवारिक आत्मीय, शब्द कुमार जी को।...

...1980 के 'फिल्म फेयर अवार्ड' समारोह की, मुम्बई, के माटुंगास्थित षड़मुखानन्द हॉल की वह इन्द्रधनुषी शाम अनायास स्मृतियों में आँखें खोल रही है!...

बी.आर. चोपड़ा की मील का पत्थर फिल्म, 'इंसाफ का तराजू' के संवेदनपूर्ण संवादों के लिए कुमार दा को उस वर्ष के 'फिल्म फेयर अवार्ड' से नवाजा गया था। हम सब आत्मीय उनके सम्मानित होने पर खुशी से छलक आए थे। तीसरे रोज उस महत्त्वपूर्ण अवसर को उत्सवित करने के लिए जब हम सब उनके गांधीनगर, बान्द्रापूर्व वाले घर में एकत्र हुए तो जमावड़े के बीच कुमार दा अचानक मुझसे उन्मुख हो ऊँचे स्वर में चुनौती देते हुए से बोले थे—"क्यों चित्रा, अब तो मैं इस लायक हो गया हूँ कि तुम मुझे अपनी कोई किताब समर्पित कर सको!'

खलील जिब्रान के दर्शन की सूक्ष्म तार्किक परतों के अन्वेषक और गहरे मीमांसक का शायद यह बड़प्पन था, मुझे बड़े होने के एहसास से पूरने के लिए।

कितने कम लोग होते हैं ऐसे मगर होते जरूर हैं जिनकी हमेशा यह कोशिश होती है कि वह किसी की मेहनत को अपनी सदाशयता से तब तक सींचते रहते हैं, जब तक उसकी मेहनत अपनी जड़ों से अपनी उठान के लिए आवश्यकतानुसार पानी खींच पाने का सामर्थ्य स्वयं में विकसित न कर ले!

21 जून, 2008 की एक दिन चढ़ती क्रूर सुबह ने बड़ी निर्ममता से कुमार दा को हमसे छीन लिया। उन्हें 'यूरीनरी इंफेक्शन हो गया था' जो आहिस्ता-आहिस्ता पूरी देह में फैल गया। टाटा में हुई तक़लीफदेह कीमियोथैरैपी बीमारी से मोर्चा लेने में असमर्थ सिद्ध हुई।

ठंड उस दिसम्बर में कुछ उखड़ी झिझकी-सी मौसम की साँकल खटखटाती विस्मय में डुबोती लोगों को रजाइयों से दूर किए हुए थी।

उस रोज बालकनी के बाहर मटमैला उतरता कोहरा था। सामने समाचार अपार्टमेंट्स के आसमान छूने को व्याकुल बिना फूलोंवाले गुलमोहर के सघन दरख़्तों की आकृतियाँ कोहरे की परत में सेंध लगा कुछ स्पष्ट नजर आ रही थीं। दिसम्बर के आरम्भ का यह पहला कोहरा था और शायद इसीलिए सारे शहर का प्रदूषण झेलता हुआ इस कदर मटमैला हो आया था।

उसी सुबह अवध ने एकाएक आग्रह कम चेतावनी-सी देते हुए कहा था—'मुम्बई हो आओ और कुमार दा और अम्मा को जाकर देख आओ। तुम्हारी जबरन ओढ़ी हुई व्यस्तताओं से तो तुम्हें फुरसत मिलने से रही।'

अवध को मैं कोई उत्तर देती ठीक उसी समय फोन की घंटी ने गुहारा। उस ओर मुम्बई से स्नेहजा रूपवते थी। प्रख्यात हिन्दी सेवी और महाराष्ट्र विधानसभा के पूर्व स्पीकर रह चुके श्री मधुकरराव चौधरी की बेटी। स्नेहजा ने साधिकार आग्रह किया था। हम लोग आपको 'कुसुमांजलि स्त्री-कथा', द्वारा औरंगाबाद में 15, 16 दिसम्बर को आयोजित हो रहे अखिल भारतीय मराठी लेखिका सम्मेलन में उद्घाटन सत्र हेतु बतौर मुख्य अतिथि आमन्त्रित करना चाहते हैं चित्राताई। मराठी की वयोवृद्ध लेखिका कमल ताई देसाई सत्र की अध्यक्षा होंगी। हम नगर में उसी सुबह गाजे-बाजे और लेझिम नृत्य के साथ स्थानीय अनेक स्वयंसेवी संगठनों, स्कूलों और कॉलेजों के सहयोग से भव्य झाँकी निकालेंगे और नगर परिक्रमा करेंगे। ताकि नगरवासी पाठक-पाठिकाएँ अपने प्रिय रचनाकार को निकट से मिल-देख सकें। विद्या बाल ताई और पुष्पा भावे की भी इच्छा है कि आप इस कार्यक्रम की शोभा बढ़ाएँ। दोनों 14 दिसम्बर की शाम औरंगाबाद पहुँच जाएँगे। आपका एयर टिकट 14 की सुबह का यहीं से करके भिजवा दूँ? वापसी का भी जब आप कहें।

लेखक की झाँकी! इस देश में तो देवी-देवताओं की झाँकियाँ निकाली जाती हैं?

सुना अवश्य था कि महाराष्ट्र से मराठी साहित्य में प्रतिमान कायम करनेवाले बुजुर्ग लेखकों की भव्य झाँकी निकालकर उनका नागरिक अभिनन्दन करने की परम्परा है लेकिन मुम्बई में रहते हुए भी कभी इस अनोखे उत्सव की झलक नहीं ले पाई थी। संकोच हुआ। कहा स्नेहजा से कि मराठी में बोलने का अब मेरा अभ्यास छूट गया है।

"मराठी में थोड़ा बोलकर शेष हिन्दी में बोलिए ताई।"

"आपको आना ही है ताई, सब आपसे भेंट करना चाहते हैं।"

कहा स्नेहजा से घर में परामर्श करने के लिए वह मुझे दो-अढ़ाई घंटे का समय दे दे। कैसा विचित्र संयोग महाराष्ट्र की माटी कैसे उद्धारक-सी आ खड़ी होती है आड़े समय।

अम्मा और कुमार दा को देखना चाहती थी...

14 दिसम्बर की सुबह जब मैं अनेक मनोभावों में ऊभ-चूभ होती औरंगाबाद के लिए निकली, मुझे मालूम था कि कुमार दा की तबीयत गम्भीर हो रही है और उन्हें चार रोज पहले 'रहेजा' में दाखिल किया गया है। उधर भांडुप में अम्मा कुछ बेहतर अनुभव कर रही हैं और अस्पताल से घर लौट आई हैं। छोटे भाई कृष्णप्रताप सिंह ने बँगले में उनकी देखभाल के लिए नर्स रख दी है।

16 दिसम्बर वापसी की सुबह मैं जेट एयरवेज से औरंगाबाद से वाया मुम्बई होते हुए दिल्ली के लिए रवाना हुई। मुम्बई में मुझे ब्रेक जर्नी करनी थी। मराठी भाषा की तेजस्विनी कवयित्री अनुराधा आहेर औरंगाबाद एयरपोर्ट पर मुझे विदा करने आई थी। एयरपोर्ट अधिकारियों ने कहा, ब्रेक जर्नी के लिए आप मुम्बई में उतरकर जेट की ही चार बजे शाम की दिल्ली जानेवाली फ्लाइट का टिकट 1500 रु. भरकर बदलवा लीजिएगा। मुम्बई उतरकर वही किया। सामान एयरपोर्ट पर चार बजे वाली फ्लाइट में बुक करवा अपना बोर्डिंग कार्ड ले मैं भांडुप के लिए निकल पड़ी। जाने स्नेहजा को क्यों नहीं कह पाई थी कि वह मेरा वापसी का टिकट ब्रेक जर्नी के साथ निकलवा दे।

अम्मा के पास पहुँची तो पाया उनकी नर्स नाश्ता करके उनके कमरे में अँधेरा किए सो रही थी और अम्मा कराहती हुई जग रही थीं।

रौबदार घर की मालकिन की जगह पलंग पर लेटा हुआ था एक हड्डियों का ढाँचा। जिसे अम्मा कहा जा सकता था तो उस दुर्बल चेहरे पर अब तक शेष बच रहीं उन्हीं पुरानी आँखों की पनियायी बोलती चमक को अपनी जगह पाया।

जब तक उनकी पीठ सहलाती रही, अम्मा लगातार हठियाती रहीं कि मैं उन्हें अपने साथ दिल्ली ले चलूँ। वहाँ वह ठीक हो जाएँगी। क्या मैं उन्हें लेने के लिए नहीं आई हूँ?

मैं उन्हें समझाती रही। तर्क देती रही। उनकी हालत यात्रा के लायक नहीं है। थोड़ी और ठीक हो जाएँ। तब आकर मैं उन्हें दिल्ली ले जाऊँगी।

बँगले के गेट से बाहर निकली तो लगा, अम्मा की चमकीली बोलती आँखों का पनीलापन अचनाक अरब सागर के ज्वार में बदल गया है। गाड़ी तक पहुँचना मुश्किल हो रहा था। कुछ दिखाई जो नहीं दे रहा था।

रास्ते भर कुछ भी दिखाई नहीं दिया। देखना भी नहीं चाह रही थी। जबकि भांडुप आने पर चिर-परिचित स्थानों में आए बदलाव को बीनना और आँखों में दबे पुराने नक्शों की चिंधियाँ खोज-खाज उनका तालमेल बैठाना और अवसाद की छाती से सिर टिका, निरन्तर स्वयं को धौंसियाना, कि विकास की नींव में दीमक ढूँढ़ने की अपनी बुरी आदत से मेरे लिए निजात पाना कितना जरूरी है...

माहिम, 'रहेजा' पहुँची तो उस वक़्त दोपहर के सवा बज रहे थे। याद करने की कोशिश की तो पाया, ठीक ही याद है। कुमार दा 'रहेजा' के नौवें माले पर कमरा नम्बर 920 में हैं।

कमरे में उनकी प्रिय बहू गौरी उनके साथ थी। 'सो नहीं रहे हैं आंटी पापा, बस आँखें मूँदे हुए हैं।' चकित भाव से कहा उसने और कमरे में पड़े सोफे से उठ खड़ी हुई।

आहट पा कुमार दा ने आँखें खोलीं और मेरी ओर घुमाईं। जैसे मेरा आना उनकी जानकारी में था। उनके सदैव चमकनेवाले ललाट पर मैंने हथेली रखी तो उन्होंने सजल हो आई आँखें मूँद लीं। मूँदे-मूँदे ही उन्होंने कहा। मैं सुन सकती थी—'ठीक रहा तो अबकी होली मैं तुम्हारे यहाँ दिल्ली में मनाऊँगा... अवध से, अरविन्द से (अरविन्द कुमार), पद्मा जी से...ससुरालवालों से...सबको देखना चाहता हूँ...'

"खिड़की के बाहर देखो"...

नज़र उठी तो पाया आधी दीवार के बराबर बाईं ओर वाली काँच की विशाल खिड़की में पिघली चाँदी-सा चमक रहा माहिम की खाड़ी का पानी समाया हुआ था। उसी पिघली चाँदी में तैर रही थी मछुआरों की पालवाली चार नावें। दोपहर में जाल डालने के लिए निकले हुए मछुआरे।

"अस्पताल का यह सबसे खूबसूरत महँगा कमरा बब्लू (बड़े बेटे संजय) ने मेरे लिए विशेष पसन्द किया है...ये...पालवाली नावें कभी अकेला नहीं होने देतीं!"

"तुमने अब तक कुछ खाया नहीं है न! भूख से तुम्हारा चेहरा उतर आता है..."

गौरी ने सुन ली थी कुमार दा की बात। उसने कहा। आंटी के लिए मैंने आंटी की पसन्द का बटाटा-बड़ा मँगवा लिया है पापा! आर्डर दे दिया है।

अठारह वर्ष के बाद वही 'जगदम्बा बाबू गाँव आ रहे हैं' अब पुन: रेमाधव प्रकाशन से प्रकाशित हो रही है।

समर्पित भी उन्हीं को है, जिन्हें पहले समर्पित की गई थी यानी कुमार दा को।

इस सच को भी स्वीकार करना ही होगा कि कुछ सच भीतर ही घुलते रहते हैं उजागर हुए बिना। उन्हीं में एक सच यह भी है कि कुछ कहानियाँ ही कहानियाँ नहीं लिखतीं, 'समर्पण' भी कहानियाँ लिखते हैं। 'समर्पण' ने जो कहानी लिखी अगर उस सच का जिक्र न करती तो शायद, मैं अपने से अन्याय करती। सोचा, उसकी भी कहानी आपको पढ़वा ही दूँ!...

गलत तो नहीं सोच रही हूँ मैं!

चित्रा मुद्गल

अनुक्रम

मुआवजा

हल्के-से खटके से अचानक उनकी नींद उचटी। हाथ बगल के बिस्तर को टटोलने लगा। बिस्तर खाली था। हड़बड़ाए-से वे पलंग से उतरे, कमरे में रोशनी की और आशंकित हृदय से दरवाजे की ओर लपके। दरअसल खटका उन्हें मुख्य दरवाजे का लैच खुलने का-सा महसूस हुआ था।

"यह दरवाजा खोले क्यों खड़ी हुई हो?" आगे बढ़कर उन्होंने विचित्र नजरों से सहन को अपलक ताकती खड़ी मधु की बाँह सख्ती से धर ली।

बाँह पर स्पर्श के गहरे दबाव से मधु जैसे गहरी नींद से चौंकी, "घंटी नहीं बजी थी?"

"घंटी! कैसी घंटी?"

"क्यों, भोर होने को है! शैलू के आने का समय नहीं हो रहा है?"

प्रतिक्रिया में उनका चेहरा चरम पीड़ा से बड़ी कोमलता से मधु को बाँह से घेर, उन्होंने अपनी ओर मोड़ा और सहन की नरम पीली रोशनी की देहरी पर जबरन दाखिल हो आए वृत्त के सहारे उसकी आँखों में पैठे हुए विश्वास को खरोंचा—"चलो, चलकर सो रहो...वहम हुआ है तुम्हें...अब शैलू नहीं आ सकती...हम सबसे बहुत दूर चली गई है वह! अनन्त उड़ान पर!"

दरवाजा उड़घा, बाँहों में कौरियाये हुए वे उसे बिस्तर पर ले आए। जैसे जीती-जागती मधु को नहीं, उसकी निष्प्राण काया को उठाकर लाए हों। लिटाकर उसका माथा सहलाने लगे—"सो जाओ, सोने की कोशिश करो..." गला अनायास रुँधता महसूस हुआ। ढाढ़स बँधाना कितना कष्टसाध्य है—अपने को जकड़े रहना

और अगले को समेटना! उँगलियाँ माथे और कनपटियों को सहलाती हुई मधु की पलकें ढाँपने नीचे सरकीं तो लगा कि अचानक वे किसी गहरे पोखर में फिसल गई हैं। यह शैलू के लौटने का समय है! अधिकांश अन्तरराष्ट्रीय उड़ानें आधी रात या सुबह के लगभग आती हैं। ठीक पाँच के आसपास दरवाजे की घंटी बज उठती। आते ही वह शोर मचाने लगती—'बिस्तर छोड़िए, मैं फटाफट चाय बनाकर लाती हूँ! उठिए, उठिए, अब लेटने की क्या जरूरत है? थोड़ा टहलने निकलिए! सुबह-सुबह टहलना सेहत के लिए जरूरी है। आप तो मधुमेह के मरीज हैं, पापा! डॉक्टर अंकल की ताकीद पर भी अमल नहीं करते कि जितना पैदल चल सकते हो, चलो?...मगर आप हैं, चलने के नाम पर घर से निकले लिफ्ट, लिफ्ट से निकले तो सीधा गाड़ी के भीतर...रहने दीजिए...दफ्तर में जरा इधर-उधर हिल-डुल लिए और हो गया घूमना?"

वे टहलकर लौटते। आहिस्ता से लैच खोलकर घर में दाखिल होते। दफ्तर के लिए तैयार होते समय भी सावधानी बरतते, किसी तेज आहट से अपने कमरे में सोई हुई शैलू की नींद न उचट जाए। इधर तो वह अक्सर उनके बिस्तर पर ही सोती हुई मिलती। मधु ने उसे कई बार झिड़का कि यह क्या बचपन है, शैलू! जाकर अपने कमरे में क्यों नहीं सोती? तुम्हारे पापा को कपड़े निकालने होते हैं, कागज-पत्तर सँभालने होते हैं, फिर अठारह-उन्नीस घंटे की उड़ान भरकर आई होती है तू, खटपट से तेरे आराम में खलल नहीं पड़ेगा?

"सुनो, मैं चाय बना लाता हूँ। उठो, उठकर टहल आएँ!"

"उठो, उठो, मुँह-हाथ धो लो। बस...रोया मत करो!"

टहलते हुए धारावी हाइवे पर वे काफी आगे तक निकल आए। और आगे बढ़ते, मगर बयार में घुली खाड़ी की दलदली बदबू ने उन्हें वापस लौटने को विवश कर दिया। शुरू में वे यहाँ तक नहीं आते थे। लेकिन एक जवान बगीचे की शक्ल में गदरा आया 'नन्दा-द्वीप' अब बैठने-टहलने के काबिल नहीं रहा। उसके हर कोने में 'योगा' की कक्षाएँ खुल गई हैं।

अभी गाड़ियों की आवक-जावक शुरू हुई नहीं है। खुली सड़क पर वे दोनों बराबरी पर चल सकते हैं। कुछ जरूरी बातें सुन सकने और कर सकने की मन:स्थिति भी शायद बन आए, ऐसा मधु की सहज चाल से महसूस हो रहा है।

"उस बाबत कुछ सोचा तुमने?"

प्रतिक्रिया में मधु ने चेहरा तक उनकी ओर नहीं घुमाया, जैसे बात उसने सुनी ही न हो या उसे सम्बोधित न करके किसी और से कही गई हो...आज बात टालना सम्भव नहीं है। ग्यारह बजे के करीब कुछ प्रेसवालों ने समय माँगा है। मधु की अस्वस्थता के कारण अब तक उन्हें टालते आए थे। नहीं चाहते थे कि किसी ऐसे-वैसे सवाल से उसके आहत मन को ठेस पहुँचे। बेटे पलाश की भी यही सलाह थी—जो कुछ कहना-सुनना है, मोर्चा आप ही सँभालिए। मम्मी को ऐसी मुठभेड़ों से दूर ही रखिए। लखनऊ लौटते हुए पलाश और ज्योति वातावरण परिवर्तन हेतु मधु को अपने संग ले जाना चाहते थे, किन्तु बेटे और बहू का मनुहार उसे किसी तरह राजी नहीं कर पाया। यही कहकर ज्योति के कन्धों से लगकर बिलख पड़ी—"शैलू को अकेला छोड़कर कैसे जा सकती..."

नाश्ते के समय वे उसकी आँखों के सामने कई अखबार फैला देते हैं। जगह-जगह शैलू की छपी तसवीर दिखाते हैं। उसके बारे में पढ़कर सुनाते हैं—"ऐसी बहादुर व्योमबाला भारतीय विमान सेवा के इतिहास में कोई दूसरी हुई है! तुम उस शैलू की माँ हो! उस बहादुर बिटिया की, जिसने आतंकवादियों के समक्ष घुटने नहीं टेके और कर्तव्य की मिसाल बन गई। तुम्हारी कोख अमर कर गई। विरलों को ही प्राप्त होता है अपनी कोख से यह सम्मान!"

मगर पाते हैं कि उबरने की बजाय वह और अधिक गहराई से अवसाद के कोहरे में डूब जाती है और जड़ से उखड़े वृक्ष की तरह, फैले हुए अखबारों पर ढेर हो बिलख पड़ती है। वे सब समझते हैं, पच्चीस साल का लम्बा साथ यूँ अचानक कोई हादसा उदरस्थ कर ले तो कोई कैसे समाई करे?

"पापा, ये सुमित हैं, सुमित संधीर। अभी कुछ रोज पहले जर्मनी से आए हैं। प्रशिक्षण पर थे वहाँ अब एन.टी.पी.सी. में इंजीनियर हैं।"

"यहीं बम्बई में रहते हैं?"

"दिल्ली!"

"मुलाकात..."

मधु की बात पूरी नहीं हो पाई कि शैलू ने उसका अभिप्राय भाँप स्वयं जवाब दे डाला था—"बर्लिन में ही हम मिलते रहे थे और सोचा था, यहाँ सुमित की नियुक्ति होते ही आप लोगों से मिलवाऊँगी। हमने तय किया है कि जितनी जल्दी आप लोग

ब्याह निश्चित कर देंगे, हम अपनी गृहस्थी शुरू कर देंगे, मगर आपकी सहमति के बिना नहीं।"

शैलू के दबंग व्यक्तित्व के इस पक्ष की कल्पना नहीं की थी मधु ने। एकाएक सह नहीं पाई। कुछ दिनों रुष्ट रही कि उसके लिए उपयुक्त घर-वर तलाशना तो उसका दायित्व था। लाड़ली ने इस सम्बन्ध में भी कोई गुंजाइश नहीं छोड़ी, न कानोंकान खबर लगने दी। जबकि मामूली-सी बात भी उसके पेट में नहीं पचती थी। हालाँकि जहाँ तक लड़के का प्रश्न था, लड़का ही नहीं, घर-बार भी उसे अच्छा लगा था। भलेमानस लगे। ब्याह तुरन्त चाहते थे। आग्रह सिर्फ एक ही था कि उनकी व्यापक रिश्तेदारी देखते हुए ब्याह अगर वे दिल्ली आकर करें तो उन्हें लाव-लश्कर लेकर चलने की असुविधा से निजात मिल जाएगी। घर में पहली शादी है—किसे रखें, किसे काटें! उन्हें क्या आपत्ति हो सकती थी! आपत्तियों का लावा तो सोये हुए ज्वालामुखी की भाँति अचानक कुछ महीनों बाद फूटा था।

"यहाँ कुछ देर बैठना चाहोगी?" वे 'नन्दा-द्वीप' के निकट पहुँच रहे थे। "इच्छा हो तो कुछ देर बैठें...वहाँ!" उन्होंने बगीचे के एक खाली टुकड़े की ओर संकेत कर मधु की इच्छा जाननी चाही। प्रत्युत्तर में सिर ही नहीं हिला, ओठों से 'नहीं' शब्द ही उच्चरित हुआ। उनका हौसला बढ़ा—शायद अब मधु से बात शुरू हो सकती है।

उसे कन्धे से घेर चौरस्ता पार करा, सीधे घर जानेवाली सड़क पर ले आए। चौरस्ता खाली हो या व्यस्त, उसे पार करते हुए एक अतिरिक्त सतर्कता व्यक्ति को घेर लेती है।

हफ्ते-भर से जो सवाल उनके भीतर अनुत्तरित घुमड़ रहा है, वह मधु की भागीदारी के बिना किसी नतीजे तक पहुँचने में असमर्थ है। उसके नुकीलेपन से भयभीत है—पता नहीं कौन-सा कोना दंशित हो उठे। मगर एक बार तो सामना करना ही होगा। आजकल में उन्हें मुआवजे का परिपत्र भरकर दे देना चाहिए। सरकारी काम-काज का अपना विधान है। शैलू के कार्यालय से भी इस विषय में निरन्तर फोन आ रहे हैं।

"मुआवजे की राशि के विषय में तुमने कुछ सोचा?"

"बहादुरी व्यवसाय तो नहीं?"

"यह हम सोच सकते हैं?"

"इनकार कर दीजिए। बेटी की मौत की कीमत वसूलेंगे हम! क्या होगा इतने पैसों का?"

"भावुक न बनो। सरकारी नियम है यह...विमान अपहरणकर्ताओं द्वारा मृत्यु-प्राप्त उन सभी यात्रियों और कर्मचारियों को क्षतिपूर्ति के रूप में दी जा रही है यह राशि! यही मानकर ले लो कि यह बिटिया की बहादुरी का पुरस्कार है।"

"मानना बहुत मुश्किल है, पुरस्कार अलग से घोषित हुआ है न! वह मात्र तमगा ही सही, गर्व के साथ आँचल फैलाकर लेने खड़ी हो जाऊँगी लेकिन..."

उन्हें लगा, इस समय और अधिक दबाव डालना उचित नहीं, प्रकृतिस्थ होकर स्वयं सोचेगी मधु। बात कानों में डाल ही दी है। मूड अनुकूल पाकर फिर छेड़ देंगे। एयर इंडिया के मुख्यालय अखबारवालों से मिलने के बाद ही जाएँ शायद।

पलाश और ज्योति का सुझाव है कि मुआवजे की रकम लेकर किसी मन्दिर को दान कर दी जाए। असमय मृत्यु-योग हुआ है शैलू का। आत्मा की शान्ति जरूरी है, वरना वह प्रेतात्मा होकर भटकती रहेगी...अपार कष्ट भोगेगी शैलू!

अजीब बात है, नेक काम करते हुए कोई मृत्यु का वरण करे तो क्या उसकी आत्मा प्रेतात्मा हो उठती है! शैलू के आत्मोत्सर्ग ने न जाने कितने प्राणों की रक्षा की, उन्हें आपातकालीन द्वार से बाहर निकालकर जीवनदान दिया। उसकी आत्मा प्रेतात्मा हो सकती है? नहीं, उनकी ब्रह्मकमल-सी पवित्र शैलू प्रेतात्मा नहीं बन सकती!

खाड़ी के उस पार पौ फट रही है। सिन्दूरी आँच-सी उजास सड़क के दोनों ओर गदराए खड़े गुलमोहरों की कतारों पर दबे पाँव फूलों की शक्ल में उतर रही है।

"पापा! यह गली कहीं नहीं मिलती...चाहे वियना पहुँच जाऊँ या रोम... या पेरिस।"

दाढ़ी का साबुन तौलिए से रगड़ते हुए वे रिसीवर उठाने बढ़े। आज मन की उद्विग्नता संयमित है। अखबारों ने प्रमुखता से प्रथम पृष्ठ पर मधु के कन्धे पर झूलती शैलू के शैशव की काफी बड़ी तसवीर प्रकाशित की है। आँखों से टुकुर-टुकुर झरता आत्मविश्वास उस चिबिल्ली के नन्हे मुख को अनोखी आभा से पूर रहा है। मधु ने स्मृति की पगडंडियों में भाव-विह्वल विचरते हुए उस नन्हीं किशोरी या बच्ची के ऐसे-ऐसे दुस्साहसी किस्से सुनाए हैं कि पढ़कर वे स्वयं अचम्भित हैं। बच्चा सामने होता है तो उसकी विशिष्टताएँ निरी बाल-सुलभ चेष्टाएँ ही प्रतीत होती हैं। उनके

पीछे किसी गढ़न पाते व्यक्तित्व की ठोस चुनाई कहाँ नजर आती है?

"यह अखबारों में अनाप-शनाप वक्तव्य क्यूँ दे रहे हैं आप लोग? माफ कीजिएगा, डैडी...धैर्य चुक गया है मेरा।"

हतप्रभ हो उठे सुनकर कि भला इस भाषा में उनसे बोलने की असभ्यता कौन कर सकता है! लेकिन भाँपते देर नहीं लगी। बरसों बाद फोन पर सुमित का आवेशपूर्ण स्वर सुन रहे हैं। हालाँकि शैलू की मौत की खबर सुन सुमित सपरिवार संवेदना प्रकट करने आया था। मगर ऐसे हृदय-विदारक अवसर के बावजूद वे और मधु उनकी अप्रत्याशित उपस्थिति से चौंके थे। समधिन के घड़ियाली रुदन ने उन्हें दुविधा में डाल दिया था। इस पैंतरे को वे महज सामाजिक व्यवहार के रूप में लें या शैलू की आकस्मिक मृत्यु से आहत हृदय की नम अभिव्यक्ति मानें! फिर यही सोचकर इस विषय को परस्पर अधिक कुरेदना उचित नहीं समझा कि जो भी हो, आखिर सम्बन्ध तो थे ही। भले एक के बाद एक घटे अप्रिय प्रसंगों ने आत्मीयता की आखिरी गुंजाइश भी सोख ली।

वे विचलित नहीं हुए—"मैं तुम्हारा आशय नहीं समझा!"

"मुआवजे की रकम 'वनिता आश्रम' को दान करने का अधिकार आप लोगों को कैसे मिल गया? मैं शैलू का पति हूँ, उसकी किसी भी प्रकार की सम्पत्ति पर मेरा अधिकार पहले बनता है, चाहे तिजोरी में रखूँ या कूड़े में झोंक दूँ।"

"यह धौंस है?"

"धौंस नहीं, सच्चाई है।"

"सच्चाई! कैसी सच्चाई? जब तुम लोग अलग हो चुके हो और पिछले छह वर्षों से पति-पत्नी के नाम पर कोई रिश्ता तुम्हारे मध्य शेष नहीं बचा, तब उसकी किसी भी चीज पर तुम्हारा हक कैसे बनता है?" दुःख और क्षोभ से वे तिक्त हो आए। एक ठंडी थर्राहट उन्हें अपने पूरे शरीर में चिलकती महसूस हुई।

"अलग रह रहे थे डैडी, अलग हो तो नहीं गए थे! अलग रहना और अलग हो जाना दो अलग बातें हैं। हमारे बीच पेपर्स हस्ताक्षरित हुए नहीं...पेपर्स हस्ताक्षरित नहीं हुए तो किसी भी प्रकार की सम्भावना से इनकार कैसे किया जा सकता था?"

"तय क्या हुआ था! यही न कि मामला न्यायालय की बजाय आपसी समझौते द्वारा निपटा लिया जाए। हमारी पूरी कोशिश के बावजूद तुम लोग अपने अलग होने

के निर्णय पर दृढ़ थे...फिर कागजों का क्या महत्त्व है..."

"कागजों का महत्त्व है, बहरहाल मैंने यही बताने के लिए फोन किया है। मुआवजे के कागजात मैंने प्रमाण-पत्रों सहित एयर इंडिया के मुख्यालय में दाखिल कर दिए हैं। आप दोनों अनर्गल वक्तव्यों से मेरे निजी मामले को व्यर्थ में न उलझाएँ! यह मेरी व्यक्तिगत, पारिवारिक, सामाजिक प्रतिष्ठा का प्रश्न है। लोग यही जानते हैं—हम अपनी नौकरियों की वजह से अलग रह रहे थे।"

अब और सहन नहीं हुआ। क्रोध और उत्तेजना से आपा खो बैठे—"प्लीज, स्टाप दिस ब्लडी ढोंग! स्टाप इट!" रिसीवर लगभग पटकते हुए-से वे चीखे और निकट पड़ी चौकी खींच निढाल-से वहीं बैठ गए। विचित्र-सी अनुभूति हो रही है, जैसे कि फन्दा डालकर बड़ी निर्ममता से कोई उनकी गरदन कस रहा है, वे पूरी शक्ति लगाकर भी उस फन्दे से स्वयं को मुक्त नहीं कर पा रहे।

नहान-घर में तेज धार में खुला हुआ नल अचानक बन्द हुआ। शायद नहाती हुई मधु ने उनकी चीख सुन ली है और आशंकित हृदय से टोहने की कोशिश कर रही है कि आखिर यह चीख कैसी! दूसरे ही पल नल पूर्ववत खोल दिया गया। लगा होगा, पानी के शोर के बीच उसे शायद भ्रम हुआ। गनीमत है, इस समय मधु सामने नहीं है, वरना उसकी करुण दृष्टि में लपलपाते हुए प्रश्नों को झेलना दूभर हो उठता। वह उन कोंपलों की टीसों की मूक गवाह है जो पनपने से पूर्व अपनी ही डाल पर पनाह पाए कठफोड़वे द्वारा खूँट ली गई...जिस हालत में शैलू घर आई थी...जबान झूठ हो सकती थी, देह पर छलछलाये हुए वे दाग नहीं जो सिगरेट चुभो-चुभोकर उसके आत्म-सम्मान को छलनी करने की चुगली खा रहे थे। छह सालों के दीर्घ अन्तराल के बीच कोई एक दिन भी उन्हें याद नहीं जब सुमित से बात करके शैलू के माथे पर पुता हुआ तनाव पलांश ढीला हुआ हो और वह उस रात झपकी-भर सोई हो।

किस कदर ढीठ हो आया था उस दिन—"आप लोग बीच में न पड़ते तो बात इस हद तक हरगिज न बढ़ती, शैलू की उद्दंडताओं को पोसा है आप लोगों ने... कारण बने हमारे दरमियान! वह सहमत हो गई थी कि अगर मेरे परिवार को उसकी मॉडलिंग पर आपत्ति है तो वह अपनी नुमाइश करना छोड़ देगी...ठीक है, उसके ऊपर कोई ऐसा-वैसा दबाव नहीं पड़ता रहा होगा, पड़ नहीं सकता था, इसकी क्या गारंटी! सोचा था, आप लोग उसे ऊँच-नीच समझाएँगे, सहिष्णु और विवेकशील

बनाएँगे। उसकी महत्त्वाकांक्षाओं को शह नहीं देंगे...लेकिन देख रहा हूँ कि मम्मी स्त्री-स्वतन्त्रता, आत्म-निर्भरता की आड़ में बेटी की दायित्वहीनता को लगातार पोस रही हैं..."

तिलमिलाई मधु समधिन की उपस्थिति के बावजूद भावनाओं पर संयम नहीं रख पाई थी—"ऐसा क्या कहर ढा दिया है शैलू ने! लड़की की माँ होने का मतलब है, आप लोगों के समक्ष सदैव घिघियाते रहो, बेसिर-पैर की सुनते रहो? आखिर शैलू को लगातार अपमानित क्यों होना पड़ता है? आप लोग नहीं जानते थे कि उसे मॉडलिंग का शौक है? यह विमान परिचारिका भी है! विमान परिचारिका से प्रेम हो सकता है, शादी की जा सकती है लेकिन उसके कैरियर को, शौकों को ज्यों-का-त्यों स्वीकार नहीं किया जा सकता...तब टेल्कम कन्धों पर छिड़कती हुई शैलू सुमित के दिल की धड़कन थी, ब्याह होते ही आँखों की किरकिरी हो गई? आप घर पर एक कठपुतली चाहते थे। व्यक्तित्वपूर्ण बहू नहीं! व्यक्तित्वपूर्ण बहू की समाई के लिए व्यक्तित्व-सम्पन्न पारिवारिक माहौल भी चाहिए। यह हम महसूस नहीं कर सके, न निश्छल शैलू..."

जिन अधिकारों से 'पति' नाम के जीव से उसे जीते-जी वंचित रखा, मुआवजे की रकम घोषित होते ही अचानक वह उस घर की इज्जत हो गई!

नहानघर की कुंडी खुलने की ध्वनि सुन वे जैसे मूर्च्छा-से चेते। सतर्कतापूर्वक वाश-बेसिन के शीशे के सामने आ खड़े हुए। मधु देखे तो यही महसूस करे, वे तब से फारिग होने में व्यस्त हैं, जबकि दाढ़ी बन चुकी थी। ब्रश भी कर चुके थे। फिर भी ब्रश पर पेस्ट ले वे दुबारा दाँत मलने लगे।

मधु से क्या कहेंगे?

बड़ी मुश्किल से उसे राजी कर पाए थे मुआवजे के लिए। शैलू की आन्तरिक इच्छा का वास्ता देकर—"पापा! मैं भी मंजरी जी का हाथ बँटाना चाहती हूँ, वनिता आश्रम की मात्र सदस्य बनकर नहीं, बल्कि असहाय स्त्रियों के स्वावलम्बन हेतु ठोस कार्य करके...बाधक है तो बस यह नौकरी—दस दिन देश, पन्द्रह दिन विदेश। डेस्कवर्क की कोशिश में हूँ पापा, नियम तो अब ढीले हुए हैं वरना ब्याह के बाद तो डेस्कवर्क से ही जोड़ दिया जाता है। सच बताएँ जिस दिन उड़ानों का चक्कर छूटा, जुट जाऊँगी इस काम में!"

कह देंगे उनका मन ही वही करने को कह रहा है जो उसका मन चाहता है। मुआवजे का परिपत्र वे नहीं भरेंगे। 'वनिता आश्रम' को जो मुआवजे की राशि देने के लिए कबूली है, उसे मिथ्या भी नहीं होने देंगे। आखिर उनके पास जो कुछ है, उसमें उनकी शैलू का भी तो अधिकार है! भले रकम भविष्य-निधि से ही क्यों न निकालनी पड़े।

भीगे बालों को हाथों से झटकारती हुई मधु किंचित् विस्मित-सी उनके पीछे आ खड़ी हुई—"देर कर रहे हैं आप..."

शीशे में उसके प्रतिबिम्ब से आँखें चुराते हुए वे कन्धे पर तौलिया डाल, नहानघर की ओर फुर्ती दिखाते हुए लपके—"नहीं, बस हो गया तैयार।"

मधु से बहाना बनाना चाहते हैं? उसकी सामर्थ्य और सहिष्णुता को कमतर नहीं आँक रहे वे? माना कि वह बेटी के अकस्मात् विछोह की मर्मान्तक पीड़ा से गुजर रही है, मगर है तो वह वही मधु...उनके पीछे ही नहीं, बेटी के प्रति हुई ज्यादतियों के प्रतिवाद में सदैव लौहमेरु-सी तनी।

यथार्थ सहने और झेलने से शायद वे ही कतरा रहे हैं। भूल रहे हैं कि वे उस शैलू के पिता हैं, जिसने न शोषण से समझौता किया, न शोषक से, न अपहरणकर्ताओं से! एक वे हैं, उन लोगों के समक्ष घुटने टेक रहे हैं जो भावनाओं को तराजू बनाए बैठे हुए हैं...सवाल मुआवजे की राशि का नहीं है—नीयत का है। और वे इतनी आसानी से सुमित का स्वार्थ सिद्ध नहीं होने देंगे...वे मुआवजे की रकम प्राप्ति का परिपत्र अवश्य भरेंगे!

(1987)

जगदम्बा बाबू गाँव आ रहे हैं

परात में जगह-जगह सूख गए आटे को करछुल से खुरच-खुरचकर छुड़ाती हुई सुक्खन भौजी खीजती बड़बड़ाये जा रही है कि भला इन आजकल की दुलहिनों को हो क्या गया है! चूल्हा-चौका निबटाकर बासन समेटती हैं तो कोई पूछे इनसे कि बरतनों को भिगोकर क्यों नहीं रखतीं? रगड़ते-छुड़ाते उनकी गदेलियाँ छरछराने लगती हैं। तिस पर कभी भूले-भटके परात, बटलोई में अन्न का दाना चिपका रह गया तो समझ लो कटिया-जुद्ध! बरैया-सी बर्राने लगेंगी, "अई सुक्खन भौजी, बासन खँगाल के धरि गई हो का? तनिक जाँगर चलावा करो? सेंत-मेत में तो मँजतिव नहीं। बीस ठो नकद, कलेवा ऊपर से अऊ तीज-त्यौहार का नेग, कौंछु सो अलग! कहौ तो दोना-पत्तरिन पर खवावे लागी?" मझली दीनापुर वाली के व्यंग्य वाण कलेजे को छलनी कर देते हैं। जुबान न हुई खच्च, खच्च कटिया काटती हुई गँड़ासी हो गई। देहरी की परजा हैं सो मुँह सिये गर्दन झुकाए हाथ चलाती रहती हैं, नहीं तो एक वह भी जमाना था कि बहुरियों की हँसी-ठिठोली में उखड़ी साँसें सधती नहीं थीं कि चटपट टहल पूरी! कहते हैं सिपाहियों के घर की धिरिया है दीनापुरवाली! सो इसी से तिलुवा दूसरों की मीन-मेख निकालने में ही जुटा रहता है। वही निहाद हैं! 'पीतर की नथनी पे इत्ता गुमान, सोने की होती तो चलती उतान...'

"हुँह!..."

मजे बासन झाबे में समेट सुक्खन भौजी नर्दवा पर से पलट ही रही थी कि देहरी से ठाकुर सुमेर सिंह की खँखार कानों में पड़ते ही जहाँ-की-तहाँ पीठ फेरकर ठिठक गई।

काम-काज को डोलती दुलहिनें झपटकर खमसार की ओट हो लीं। उनकी खँखार पर्दाधारियों के लिए संकेत होती है कि वे सावधान हो जाएँ, मालिक घर में दाखिल हो रहे हैं। बलिष्ठ सुदीर्घ कायावाले ठाकुर सुमेर सिंह बैसवाड़ा के प्रतिष्ठित ठाकुरों में से हैं। पक्की चार गोंईवाले। लेकिन अब न वह ताल्लुकेदारी रही, न वह शानो-शौकत! फिर भी 'हाथी मरा तो सवा लाख' वाला दबदबा जवार में कायम है। पिछले वर्ष तक वे लगातार गाँव के प्रधान चुने जाते रहे हैं। इस साल जनता पार्टी के पंडित भुवनेश्वर वाजपेयी से मात खा गए। अब बीस बिसुआई ऐंठ और बैसवाड़ी ठकुराई में गले-गले तक ठनी हुई है, मजाल कि ठाकुर सुमेर सिंह की मूँछों की तुर्राहट कहीं से ढीली नजर आ जाए! गाँव की प्रधानी हाथ से सरकी तो सरकी, युवा कांग्रेस के पिछड़े वर्ग के प्रान्तीय सचिव तो वे हैं ही। पीठ पीछे हाथ बाँधे हुए वे दाहिनी खमसार के विशाल दालान को पार करते हुए, कठौते में रखी मिर्चों में सींक से मसाला भरती हुई दिद्दा के निकट जा खड़े हुए—"अम्मा! सुक्खन भौजी से कहना कि टहल निपटाकर जाते हुए वह हमसे बैठक में मिलकर जाए, जरूरी बातें करनी हैं उससे..."

"ललौना की बाबत बड़कऊ! सहर से डाकदर आ रहे हैं का?" दिद्दा ने प्रयोजन का अनुमान लगाना चाहा।

प्रत्युत्तर में ठाकुर सुमेर सिंह ने 'हाँ, अम्मा' कहकर अनुमोदन में सिर हिलाया और लौटने को मुड़ने लगे कि अनायास दिद्दा को कुछ स्मरण हो आया, "कालि पूरनमासी है बड़कऊ, चंदिकन स्वामी जी के दर्शन के बरे जाए चहित हन हम। गाड़ी नहवाय देहो तड़के?"

"चली जाइएगा!"

आगे न उन्होंने दिद्दा को किसी प्रश्न का अवसर दिया, न स्वयं कोई जिज्ञासा व्यक्त की कि सुबह उनके संग और कौन-कौन जाएगा। जिस तेजी से वे घर के भीतर दाखिल हुए थे उसी तेजी से खड़ाऊँ की 'ठक्-ठक्' पीछे छोड़ते हुए, देहरी लाँघ बाहर हो लिए।

नर्दवा के इर्द-गिर्द जूठन और राख की गन्दगी बुहारती हुई सुक्खन भौजी के अन्तस में क्षण-भर पहले दीनापुरवाली की प्रताड़ना का मलाल एकाएक शीतल धार पड़ी लपट-सा शान्त हो गया। दिद्दा और ठाकुर सुमेर सिंह के मध्य

हुई बातचीत उसके चौकन्ने कानों में पड़ चुकी थी। ठाकुर सुमेर सिंह का हृदय ठीक बड़े मालिक पर गया है! कठोर धरती में छिपे जल-सा। बड़े मालिक जब तक जीये, जन-मजूरों को अपनी परजा समान पाला। उनका उसूल था कि उनकी जी-हजूरी बजानेवाला भूखा-नंगा न सोए। कैसे भूल सकती है वह कि ललौना के पैदा होने की खुशी में चाँदी की तोड़ी नेग दी थी उसे! शेष तीनों भाइयों में मँझले तर-ऊपर के सुभग सिंह और सुखदेव सिंह प्रदेश की राजधानी में ही अधिक समय बिताते हैं। कहते हैं कि वहाँ वे कारतूसों का कारखाना चला रहे हैं। महानगरीय संस्कृति के अनुपयुक्त करार देकर सुभग सिंह ने शेरागढ़वाली को छोड़कर दूसरा ब्याह रचा लिया है। शेरागढ़वाली जब से गौने में विदा होकर आई है, कंगन खुलने वाली रात भी उसे पति-सुख नसीब नहीं हुआ। शहरवाली के तीन बच्चे हैं। सुखदेव सिंह बराबर घर आते-जाते हैं। सबसे छोटे पेटपोंछन नरेन्द्र सिंह सेना में हैं। न जाने कहाँ-कहाँ से उनके ब्याह के प्रस्ताव आ रहे हैं। लेकिन दिद्दा की जिद के बावजूद नरेना टाले जा रहा है। ठाकुर सुमेर सिंह दिद्दा को अक्सर समझाते रहते हैं—आजकल के लड़कों पर जबरदस्ती उचित नहीं, सुभग के मामले से चेत जाओ। दिद्दा बिथा से विचलित हो उठती हैं—"नरेना के सिर पर मौर देखै की आस लिए लम्बरदार चले गए। लागत है, हमरेउ भाग्य में छोटकी दुलहिन की मुँहदिखाई नहीं बदी..." अपनी बात की मर्यादा न रखे जाने का दुःख ठाकुर सुमेर सिंह को भी सालता होगा। मगर पूजते वट-वृक्ष सदृश जैसे परिन्दों को रैन-बसेरा दिए, अपने तन-मन पर आँधी-पानी-घाम झेलते अडोल-से खड़े हुए हैं...

टहल निपटाकर, आँचल से हाथ पोंछती हुई नित्य की भाँति सुक्खन भौजी दिद्दा के खटोले के निकट भूमि पर आ बैठी और हलकी मुट्ठी से उनकी खाल छोड़ रही टाँगें चाँपने लगी।

"कइसे हय तोर ललौना, सुक्खन की दुलहिन?" मिर्चों से भरा कठौता एक ओर सरका दिद्दा ने हाथ रोक दिए।

सहानुभूति पा सुक्खन भौजी की पीड़ा पित्ती-सी उछल आई—"का कहीं, चलै-फिरै ठीक से पावत नहीं...बबूल की बकुलिन की बैसाखी बनाइस है...वही के टेका लइ-लइ के मदरसे जाइ क बरे सौखियात हय...काल कहिसि..." सहसा नम हो आई आँखों को आँचल से पोंछते हुए अपने को संयमित करने की कोशिश

की सुक्खन भौजी ने, "काँख पिराति है, अम्मा! देखा तो पावा मोरी मालकिन! काँख छिलि के घाव हुई गई हय..."

उसकी व्यथा से विचलित हो आई दिद्दा ने कन्धे पर हाथ रख ढाँढ़स बँधाया—"च्, च्, च्, सोवत बेरिया तनिक हल्दी तता के धर दीन्हों काखन पे, धीरज धरो! लँगड़ाय सही, बेटवा तो हय मरत बिरिया मुँह में गंगाजल डारे क बरे...?" फिर पल-भर मौन साध अवरुद्ध कंठ से बोलीं, "शेरागढ़वाली कइसे धीरज धरै, सोचव सुक्खान की दुलहिन!"

सुक्खन भौजी दहलीज पार कर दाईं ओर बनी बड़ी-सी चौपालनुमा बैठक के सामने तनिक आड़ लेकर जा खड़ी हुई। भीतर से आती बतकही और ठहाकों से अनुमान हुआ कि बैठक में काफी लोग जमे हुए हैं। व्यग्र हो आई कि ठाकुर सुमेर सिंह को कैसे खबर हो कि वह मोहारे पर खड़ी उनकी प्रतीक्षा कर रही है। घर के किसी बच्चे को न गुहार ले ताकि जल्दी भेंट हो जाए! ऐसे तो खड़े-खड़े दिन चढ़ जाएगा और मुलाकात नहीं हो पाएगी। सोचकर मुड़ने को ही हुई कि तभी किसी ने भीतर से उसे देख लिया क्योंकि दुक्खी ने फौरन बाहर आकर उसे रुकने का संकेत किया, "मालिक आ रहे, सुक्खन भौजी!"

निकट आती खड़ाऊँ की आहट से सतर्क हो सुक्खन भौजी ने नाक तक आँचल खींच लिया। धड़धड़ाती भागी जा रही लढ़िहा के चक्कों-सी धड़कनें तेज हो उठीं। हालाँकि दिद्दा से हुई उनकी संक्षिप्त बातचीत के समय वह भेंट का सन्दर्भ अपने कानों सुन चुकी थी, फिर भी ठाकुर सुमेर सिंह से एकान्त में बात करने का अवसर सुक्खन भौजी के लिए पहला ही था। साहस पसीज रहा है...

"गाँव में भूतपूर्व स्वास्थ्य मन्त्री जगदम्बा बाबू आनेवाले हैं। जनता के कष्टों की जानकारी लेने...उनको सुनने..." बिना किसी पूर्व भूमिका के ठाकुर सुमेर सिंह ने अपनी बात शुरू कर दी—"उन्होंने 'विकलांग उद्धार समिति' गठित की है। 'विकलांग उद्धार समिति' विकलांग को स्वावलम्बी बनाने का प्रयास कर रही है। लूले-लँगड़े लोग भी समाज में बराबरी का जीवन जी सकें, यह उनका लक्ष्य है। मैंने आसपास के गाँवों से अपाहिजों का विवरण भिजवाया है। जिला अस्पताल के विकलांग-विशेषज्ञ उन्हें देख रहे हैं। डॉक्टरी परीक्षण के आधार पर जिसकी जैसी आवश्यकता होगी, सहायता की जाएगी।"

अपनी बात अधिक स्पष्ट करने की मंशा से उन्होंने वाक्यों को तनिक सरल बनाकर समझाया, "अगर किसी के पाँव लग सकते हैं, नकली पाँव लगवाए जाएँगे...किसी के पाँव नहीं लग सकते, उसे पहियोंवाली गाड़ी प्रदान की जाएगी, जिसे वह अपने हाथों से चला सकेगा। अपने गाँव से मैंने तुम्हारे बेटे का नाम भेजा है। कल डॉक्टर आ रहे हैं। सुबह दस बजे के आसपास ललौना को बैठक में ले आना। कुछ दिनों बाद दंगलवाले मैदान में एक समारोह होगा, उसी समारोह में जगदम्बा बाबू अपाहिजों को ये उपहार वितरित करेंगे..."

अविश्वास से भरा सुक्खन भौजी का भावाकुल हृदय कृतज्ञता से अवनत हो ठाकुर सुमेर सिंह के चरणों में झुक गया। भूमि पर से उसका माथा उठा भी नहीं कि वे आगे कुछ कहे बिना मुड़कर बैठक की ओर बढ़ गए। विह्वल सुक्खन भौजी को यही प्रतीत हुआ कि क्षण-भर पूर्व उससे कुछ डग दूर ठाकुर सुमेर सिंह नहीं, बल्कि कोई चमत्कारी सिद्ध महात्मा खड़े हुए थे।

उठी तो महसूस हुआ कि उसकी टहल से थकी-टूटी देह एकाएक फुनगी पर हिलोर लेता फूल हो आई है। पन्द्रह बरस होने को आए, ललौना को सहज चलता-डोलता देख पाने की लालसा करेजे की हूक-सी हुहुआती न खुशी से मुँह में कौर देने देती है, न खुलकर हँसने-बोलने!

कौन-से जतन नहीं किए। वैद्य, हकीम, झड़वइए-फुँकवइए, टोने-टोटके—सब अजमा लिए, पर ललौना की निर्जीव टाँगों पर किसी जड़ी-बूटी, मानता-मनौती का परताप नहीं चढ़ा।

टोले में कदम रखते ही पाटी-बस्ता लटकाए हुए बच्चों की टोली देख उसकी निष्प्रभ आँखों में हसरत-भरी चमक कौंध गई। ललौना भी हठ करके मदरसे गया है बकरिहाइन काकी के नाती भग्गू के संग। बकुलियों के सहारे कढ़िलते-कढ़िलते। भग्गू ने उसके आशंकित मन को आश्वस्त किया था—"डरो न ननिया, साथ हन ना हम।" ललौना की पाटी, बुदिक्का वही उठाकर ले गया है। पहले वह ले जाके छोड़ आया करती थी, पर रोज-रोज कब तक दौड़ लगाती। पल-भर की अबेर हुई नहीं कि दुलहिनों की जुबान तेल-पिए कोड़े-सी अँगनई में दाखिल होते ही सड़सड़ाने लगती।

कैसे अच्छे लग रहे हैं बच्चे! उनकी काँख में बड़ी-सी पाटी दबी है। दूसरे

हाथ में छुहिया भीगा बुदिक्का! धींगामुश्ती करते, चहकते-बतियाते ऐसे बढ़े आ रहे हैं जैसे हिरन-शावकों का चौकड़ी भरता झुंड। सहसा उसे लगता है कि गलियारे के दाहिनी ओर चली आ रही टोली में जो सबसे ऊँचा, तन्दुरुस्त, भरी-भरी जाँघोंवाला बस्ता लटकाए लड़का झूमता चला आ रहा है, उसका ललौना ही तो है! गलियारे की धुनकी कपास जैसी भुसभुसी धूल में उसके नंगे पाँव धूसरित हो रहे हैं...बस, जाँघों पर झूलती पटरे की जाँघिया उसके सुन्दर तन पर पैबन्द-सी अखर रही है। अब जाँघिया पहनकर मदरसे नहीं जाने देगी। उसकी बराबरी के लड़के पायजामा पहनने लगे हैं। पाई-पाई बचा के कुछ रुपये कुजिया में दबा के चौके में गाड़ रखे हैं। सोचकर कि आड़े वक्त काम आएँगे, मगर यों बच्चे की शोभा बिगाड़कर पैसों का क्या सुख!...शौक मर गया तो फिर वही निहाद—उपासे के आगे मोदक!

निकट आती टोली के बावजूद उसका अधीर हृदय हुड़क रहा है कि खूँटा-तुड़ाई गइया-सी दौड़ वह अपने ललौना को अंक में कोरिया ले। उसे बता दे—वह शीघ्र ही उसके लिए लट्ठे का पायजामा और मारकीन की कमीज सिलवा देगी। पाँवों में चट्टी भी पहनवा देगी। धनुहीखेड़ा की हाट इसी बिफ्फै (बृहस्पति) की ही तो है...

"चचिया, पायँ लागी।"

"चचिया, चचिया, ललौना की कक्षा के बड़े पंडित जी दंड दिहिनन हयँ...पूरी कक्षा घामे म खड़ी हय...घंटा भर से पहले न छोड़िहैं...कोऊ सरौना पानी पियके मटका तोड़ दिहिस रहय..."

ललौना के मुख से अपने लिए 'चचिया' सम्बोधन सुनकर वह जैसे गहरी नींद से चौंकी। यह तो ललौना नहीं, अपनी सुभागी दिदिया का बचई है! क्या वह दिवास्वप्न देख रही थी!

दंड की बात सुनकर क्षण-भर पहले का कुलाँचें भरता हुआ मन खिन्न हो आया। बासी पनेथी बुकुनू चुपड़ के खा के गया है। भूख के मारे आँतें कुलबुला रही होंगी। तिस पर आग-लगी छिली काँख की पीर। कब से सोच रही है कि दोनों बकुलियों के गुलेल के मुख पर उतरी हुई धोती की गुंडरी-सी बना के अटका देगी, ताकि काँखें काठ की कोंच और छीलन से तनिक बची रहें। मगर ठाकुर सुमेर सिंह के घर से प्राप्त उतरन की हर धोती उसकी अपनी ही आबरू को आड़ देने में होम

हो जाती है। छिली काँखों को मरहम लगे तो कौन जतन लगे!

आँचल में बँधी कुंजी से घर का ताला खोल, भीतर दाखिल होते ही सुक्खन भौजी का हिया फिर से आशा-निराशा के गर्त में गोते लगाने लगा। उसे बुलाकर ठाकुर सुमेर सिंह ने जो आस की लौ की तीली दिखाई है, सचमुच पूरी होगी? हो सकता है, कोई चमत्कार घट ही जाए! आजकल माने हुए हकीम, वैद्य, सिद्ध, तान्त्रिक जो नहीं कर पाते, वह शहर के आला लगाए डॉक्टर कर दिखाते हैं। बातें सुनने में आती ही रहती हैं। पिछले साल की ही तो बात है—परधान पंडित भुवनेश्वर बाबू की जीप दौड़ानेवाला कालीचरना अपनी सुना रहा था कि यह जो हमारी बाईं टाँग भली-चंगी देख रही हो न, सुक्खन भौजी! असली नहीं है, बस ऊपर से मांस-मज्जा असली है। एक रोज ठेला से टकरा टूटकर झूल गई। हमने उम्मीद छोड़ दी कि अब परवश हो गए। रोजी-रोटी के काबिल नहीं रहे। लेकिन भौजी, मान गए लोकनायक अस्पताल वालों को। टाँग में हड्डी की जगह स्टील की सरिया इतनी सफाई से बैठाई है कि दूसरों पर बोझ होने की गलाजत से बच गए।

कालीचरना गपोड़ी नहीं है। टाँग उघाड़कर उसने उसे एक लम्बी-सी चीर दिखाई थी और चीर देखते ही उसके मुँह से करुणा की सिसकारी फूट पड़ी थी...कालीचरना ठीक हो सकता है तो उसका ललौना ठीक नहीं हो सकता?

कौतूहल से भरे ललौना को मेज पर चित्त लेट जाने का आदेश देते हुए, गले में आला लटकाए डॉक्टर बाबू उसकी मैल-अटी देह पर झुक आए। वे कभी उसकी सूखी टाँगों को तनिक ऊँचा उठाकर देखते, तो कभी टाँग टखनों से मोड़ने की कोशिश करते, कभी सूखी सेम की फलियों-सी ऐंठी उँगलियों, अँगूठों को चुटकी से खींचते, दबाते। बीच-बीच में वे ललौना के मुख पर प्रतिक्रिया भाँपने की कोशिश करते, उससे पूछते भी चल रहे थे कि उँगलियाँ खींचने, दबाने, टाँगों को मोड़ने, उठाने या उठाकर अचानक छोड़ देने से क्या उसे किसी प्रकार के छुअन का बोध हो रहा है?

"पैदाइश से ही इसकी टाँगें बेजान हैं?"

सारी कार्रवाई से विस्मित सुक्खन भौजी प्रश्न सुनते ही संकोच से गड़ गई। वह पर्दाधारी मेहरिया, पराए मनई से उसकी बतकही कभी हुई नहीं। होती भी है तो सम्बन्धों में लुहरे लगने वालों के संग भर। यहाँ तख्त पर ठाकुर सुमेर सिंह समेत मंजकुरिया टोला के लम्बरदार पुतन सिंह, पंडित मातादीन तिवारी, रजऊ काका, जेठ और ससुर लगते सभी आसीन हैं। मुँह खोलने का दुस्साहस कहाँ से जुटाए!

गाहे-बगाहे गलियारे-दुआरे सामने पड़ भी गई होगी तो उनके निकलने तक मुँह मूँदे, पीठ किए हुए ही खड़ी रही होगी।

डॉक्टर ने फौरन सुक्खन भौजी का संकोच ताड़ लिया। मुलायम स्वर में साहस बँधाते हुए बोले, "संकोच करोगी तो किसी नतीजे पर पहुँच पाना मुश्किल होगा...इलाज में भी देर लगेगी...दूसरा कोई ठीक-ठाक बता भी नहीं पाएगा।..."

तभी रजऊ काका का ध्यान उसकी ओर गया। चल रही चर्चा से उचट वहीं से बैठे-बैठे उन्होंने ऊँचे स्वर में सुक्खन भौजी को डपटा, "काहे दिक्क कर रही हो डॉक्टर बाबू को...जो पूछ रहे हैं, बताती काहे नहीं?"

डॉक्टर साहब ने अपनी जिज्ञासा दोहराई, "लड़के की टाँगें पैदाइश से ही बेजान हैं?"

अबकी साहस कर सुक्खन भौजी ने इनकार में सिर हिला दिया।

आशय समझ डॉक्टर साहब ने दूसरा सवाल किया, "कैसे कह सकती हो कि पहले इसकी टाँगों में जान थी?"

"पैयाँ-पैयाँ अँगनई में डोलत रहय!" कहते हुए सुक्खन भौजी का कंठ भर आया। भावनाओं पर काबू नहीं रख पाई। बरसों पूर्व दिठौना-लगे ललौना की मोहनी बालछवि आँखों में तैर गई...

"तो...कब महसूस हुआ कि बच्चे की टाँगें काम नहीं कर रहीं?"

अकुलाये हृदय को सहेजने की चेष्टा करती हुई वह अवरुद्ध कंठ से बताने लगी कि पैंया-पैंया चलते हुए एक रोज ललौना अचानक पेट के बल पड़ रहा और उसी मुद्रा में बड़ी देर तक पड़ा रहा। कड़वे तेल से लेकर वैद्य, हकीम न जाने किस-किस से तेल जुगाड़ उसकी टाँगों की बँधी मालिश की, मगर लुंज हुई टाँगों में पिरान नहीं लौटे तो नहीं लौटे।

"पोलियो का मामला है।" निकट आ खड़े हुए ठाकुर सुमेर सिंह से उन्मुख होते हुए विचारमग्न डॉक्टर साहब ने जाँच का निचोड़ स्पष्ट किया।

"मामला हाथ से निकल चुका है। समय पर इलाज के अभाव ने गुंजाइश नहीं छोड़ी, टाँगें कट गई होतीं, टूट गई होतीं तो भी इलाज सम्भव था। नकली टाँगें लगवाई जा सकती थीं...एक ही उपाय शेष है—बैसाखियाँ या फिर पहियेवाली गाड़ी। मैं जगदम्बा बाबू से सिफारिश करूँगा।"

"सुबह जिला कार्यालय में मेरी मुलाकात भी जगदम्बा बाबू से होगी, परसों पार्टी के महासचिव दिल्ली से आ रहे हैं। पार्टी संगठन को लेकर विशद चर्चा होगी। बात करूँगा...कितने गाँव निबट गए हैं?"

"आपके निकट धनुहीखेड़ा से लेकर बारा तक अधिक मामले नहीं हैं विकलांगों के। बच्चों की संख्या ज्यादा है। देहात की यह विडम्बना है। अधिकांश बच्चे पोलियो-ग्रस्त होकर अपंगता भोगने को बाध्य हैं।"

प्रतिक्रिया में ठाकुर सुमेर सिंह गम्भीर हो आए—"ठीक कह रहे हैं। अशिक्षा ने इन्हें अन्धविश्वासों में जकड़ रखा है। सहायता उपलब्ध होते हुए भी ये टीका लगवाने में विश्वास नहीं करते...चाय-नाश्ते के बाद यहाँ से सीधे भरतीपुर निकल लें?"

"चाय-नाश्ता वासुदेव बाबू के यहाँ सही। अच्छा हो, शाम तक इस ब्लॉक के शेष तीनों गाँव निपट जाएँ।"

ठाकुर सुमेर सिंह के बैठक से निकलते ही डॉक्टर बकुलियों के सहारे झूलती-सी ललौना की कृशकाय देह पर करुण दृष्टि डालते हुए सुक्खन भौजी की ओर मुड़े—"चिन्ता छोड़ दीजिए। शीघ्र ही आपका बेटा अपने हमजोलियों की तरह घूमता-फिरता नजर आएगा...अब टाँगें नहीं लौट सकतीं, पर अब निराश होने की जरूरत नहीं। मैं जगदम्बा बाबू से सिफारिश करूँगा, इसे हाथ से चलने वाली पहियोंवाली गाड़ी दी जाए।"

आगे बढ़कर उन्होंने सहमे खड़े ललौना के कन्धे हौसला बढ़ानेवाले अन्दाज में थपथपाए—"ये दोनों हाथ दोनों टाँगों का भी काम करेंगे। बस, अपनी सेहत का ध्यान रखो, बरखुरदार!"

डॉक्टर बाबू का आश्वासन पाकर सुक्खन भौजी का हृदय उम्मीद से विह्वल हो आया। अनदेखे जगदम्बा बाबू की छवि एकाएक उसके निष्कलुष सरल

हिया में किसी देवता की मूरत-सी साकार हो आँखों के आगे झिलमिलाने लगी। आँखें भादों हो आईं और कृतकृत्य-सी ढुलकते हुए अश्रुओं से देवता की मूरत का अभिषेक करने लगीं। सेहत का उलाहना डाकदर बाबू ने झूठ नहीं दिया। बकरियाँ पाली किसकी खातिर हैं। पर कभी-कभी नीयत डोल जाती है। चार पैसों का मोह गठिया, बेचने को खोवा अऊट लेती है। आँखिन किरिया जो अब वह दूध औटने कढ़इया में भूले से भी चढ़ाए।

घर के रास्ते बढ़ी तो पाया कि सलोने भाई की नौटंकी के आगमन की रोमांचित खुशी की तरह उसके ललौना की टाँगों के इलाज की खबर आनन-फानन गाँव डोल आई है और सभी को उद्वेलित किए हुए है। लोगों की इस टिप्पणी पर कि, "चौदह वर्ष में तो घूरे के दिन भी फिरते हैं, चलो दुखियारी महतारी की भी भोले बाबा ने सुध ली"—वह आँखें पोंछने लगती और प्रत्युत्तर में ठाकुर सुमेर सिंह की महानता के बखांन के संग जगदम्बा बाबू का जस गाते, कृतज्ञता से दोहरी होने लगती। लोगों ने उसकी हाँ में हाँ मिलाई। कलयुग में गांधी बाबा ने दुखियारों की सुध ली थी, सुराज दिलाया। उनके बाद विनोबा बाबा लँगोटी धरे गाँव-गाँव बेसहारों के लिए दौड़ते रहे। जगदम्बा बाबू वैसे ही महात्मा अवतारी पुरुष लगते हैं, वरना कौन गरीब-गुरबा के कष्टों पर पुलटिस बाँधता है?

"सब ठाकुर सुमेर सिंह की महिमा का परताप है। एक परधान पंडित भुवनेश्वर बाबू हैं जो परधानी घोंट-घोंट छानि रहय हैं मस्ती। गरीब-गुरुबा का ध्यान तबै तक रहय जबै तलक परधानी के वोटन की दरकार रहय! अब तो भैया गाँव में जौन कुछ हुइ रहा है ठाकुर सुमेर सिंह की बदौलत।"

प्रदेश कांग्रेस की महिला कार्यकर्ता कुर्सी पर बैठने के लिए हिचकिचाती सुक्खन भौजी को बड़े अनुनय के बाद राजी कर पाई। कुर्सी वह भी एकदम अगली पाँत में। गेंदे की लड़ियों से आच्छादित मचान से बने मंच से यही कोई पन्द्रह-बीस हाथ पर। गनीमत थी कि पोलका पर बिल्ला टाँके अगल-बगल अन्य स्त्रियाँ सिर उघाड़े बैठी हुई थीं। नखलऊ (लखनऊ) से आई थीं। उन्हें देख सुक्खन भौजी बैठने का साहस सँजो पाई। वरना उसे याद नहीं पड़ता—खटोला, मचिया

या टाट छोड़ वह कभी किसी ऊँचे आसन पर बैठी हो। वह भी अपनी बिरादरी में। बाभन-ठकुरन के घर तो कच्ची-पक्की भूमि की उदारता ही सिंहासन समझो।

अव्यक्त आनन्द से हुलसित उसकी दृष्टि घूँघट की ओट फलाँगती, मंच के दाहिनी ओर विशेष रूप से लगाई गई कुर्सियों पर बैठे हुए अपंगों की ओर उठ गई।

जगदम्बा बाबू स्मरण हो आए। सभी कह रहे हैं, जगदम्बा बाबू जनता के सेवक हैं। दीन-दुखियारों के रक्षक। प्रजा के कष्टों को पहचाननेवाले गुप्ता जी के मन्त्रिमंडल में वे राज्य के स्वास्थ्य मन्त्री थे। पिछले चुनाव में ग्रहों ने कुछ ऐसी खुराफात दिखाई कि अपने बरसों पुराने इसी गढ़ से जनता पार्टी के गयादीन जैसे लम्पट उम्मीदवार से मात्र सात सौ वोटों से पटखनी खा गए। उनके जैसा पुन्न-परतापी ऐसे चिरकुट से मात खानेवाला थोड़े ही था। सुना, वो तो लाठी-बल्लम के बूते वोटों के बक्से बदल दिए गए! सोने पे सुहागा यों हुआ कि कलेक्टर से लेकर एस.पी. दोनों ससुरे उसकी बिरादरी के निकले, वरना कोई चरित्र है गयादीन का। शिवलाल की बिटिया सुखनी के साथ भुसौर में केलि-क्रीड़ा करते हुए रंगे हाथों धर लिए गए थे। कटिया काटने का गँड़ासा ताने सुखनी के लाल भभूका भाई ने बड़ी-नहर तक तरिया लिया था उन्हें। बाद में भरतीपुर के ठाकुर शिवबली सिंह के घर फर्जी सेंध के मामले में फँसाकर उन्होंने उसे जेल भिजवाकर ही दम लिया। ऐसा अधर्मी जगदम्बा बाबू के मुकाबले विजयी हुआ तो जबरई के ही चलते न।

कह रहे हैं, तिया-पाँचा से विधान सभा में गयादीन पहुँच तो गए, मगर तीन बरस में तीन से अधिक मुँहदिखाई नहीं की अपने इलाके की। इष्ट, सगे-सम्बन्धियों को ठेका दिलवाने, भट्ठा खुलवाने, परमिट जारी करवाने और कुछेक सड़कों पर मामूली बजरी बिछवाने तक ही उनकी जनसेवा का प्रण रेवड़ियाँ बाँटता रहा।

धनुहीखेड़ा में बड़ा अस्पताल खुलवाने का दम भरा था कि औरतों की जचगी के लिए विशेष रूप से इस अस्पताल में तीसेक खटिया डलवाएँगे, ताकि जच्चा-बच्चा की हिफाजत की सुविधा हो, सो आज तक नींव भी नहीं खुदी। उनकी पार्टी की सरकार नहीं है तो क्या उनकी बात का वजन फूँक हो गया? कह रहे हैं, असहाय सुदामाओं की सुध लेने जो जगदम्बा बाबू गाँव आ रहे हैं, कोई सरकार के खर्चे पर थोड़े ही सदाव्रत खोलने निकले हैं। वो तो अपनी टेंट से लूले, लँगड़ों

को सिलाई की मशीनें, बैसाखियाँ और पहियेवाली गाड़ियाँ बाँटेंगे। गरीबों की सेवा का व्रत है उनका।

कैसा भव्य मेला जुड़ा है! ठीक महावीरन के मेले जैसा कोस-भर लम्बा दंगल का मैदान फुलवारी-सा झंडियों और झंडों से सजा है। भोंपू से गांधी बाबा की रामधुन—'रघुपति राघव राजा राम' गूँज रही है। सुरगवासी होने से पहले दिया गया इन्दिरा मैया का भाषण भी बीच-बीच में बज रहा है। कोसों दूर-दूर से जनता पैदल, लढ़िया, जीप, ठेला में उमड़ी चली आ रही है। कह रहे हैं—न जाने कहाँ-कहाँ से छापाखाना वाले खबर लेने और फोटू खींचने आ रहे हैं, सबकी फोटू और खबर छापा में छपेगी।

सुक्खन भौजी का मन ललक रहा है कि पोलके पर फीते का बिल्ला टाँके, इन्तजाम में व्यस्त किसी बहन जी से विनती करे कि उसे निकट से पहियों वाली गाड़ी दिखा दे। तनिक छूकर देखे, ललौना उस पर किस विधि बैठेगा, चलेगा-फिरेगा कि उसकी छरछराती काँखों पर अब उसे हल्दी तपाकर नहीं लेपनी पड़ेगी। उसकी घायल काँखें इतनी हल्दी सोख लेती हैं कि अक्सर दाल में चुटकी-भर छिड़कने की गुंजाइश भी नहीं बचती।

दृष्टि घूम-फिरकर मंच की बगल में बैठे अपने ललौना पर जाकर टिक गई। मारकीन की नई कमीज और खाकी नेकर पहने, सूखी टाँगों पर बकुलियाँ टिकाए ललौना एकदम किसी किस्सेवाला राजकुमार प्रतीत हो रहा है। बकरिहाइन काकी से मुट्ठी-भर सरसों माँगकर लाई थी। खूब महीन उबटन पीसा था। देह रगड़-रगड़कर मैल की बत्तियाँ झाड़ी थीं। नहलाकर नई नेकर-कमीज पहनाई तो बेटे की आँख बाँधती छवि पर न्योछावर होता चित्त सहसा उसके बप्पा का स्मरण कर भावुक हो आया। ललौना को अपने पाँवों पर चलता देखने की हौंस कलेजे में दबाए हुए ही वह अचानक नाता तोड़कर चल दिए थे एक रोज!

सिर पर चढ़ता घाम धीरे-धीरे चटक होने लगा है। कह रहे हैं कि ग्यारह बजे तक जगदम्बा बाबू दंगलवाले मैदान पहुँच जाएँगे। कार्यक्रम खत्म होने के बाद वे गाँव के परधान पंडित भुवनेश्वर बाबू के घर जाएँगे। अकेले में लोगों के कष्ट सुनने। कष्टों को वे सीधे सरकार तक पहुँचाएँगे, एड़ी-चोटी का जोर लगा देंगे कि जल्दी उन पर कार्यवाही हो, तत्पश्चात् मदरसे में दल-बल सहित उनका भोजन होगा।

पक्के ताल वाली सड़क पर अचानक धूल के बादल फन फैलाने लगे। कार्यकर्ता सतर्क हो उठे। मंच पर चढ़कर उत्साहित स्वर में ठाकुर सुमेर सिंह ने घोषणा की कि अब धैर्य की परीक्षा खत्म हुई। कुछ ही पलों में सुप्रसिद्ध समाज-सेवक 'विकलांग उद्धार समिति' के जन्मदाता बाबू जगदम्बा प्रसाद सभा-स्थल पर पधारनेवाले हैं। कृपया अपने-अपने स्थान पर बैठे हुए ही शान्तिपूर्ण उत्साह के साथ उनका स्वागत करें।

सभा-स्थल के इर्द-गिर्द कुछ लठैत किस्म के पहरेदारों की भी व्यवस्था थी ताकि विरोधी पार्टी के लोग, विशेष रूप से परधान पंडित भुवनेश्वर बाबू के चमचे कार्रवाई में अव्यवस्था न पैदा कर सकें।

जगदम्बा बाबू की जीप रुकते ही विशाल जनसमूह ने करतल ध्वनि से उनकी अगवानी की। ठाकुर सुमेर सिंह लपककर उन्हें मंच पर ले जाने लगे। उनके साथ ब्लाक के बी.डी.ओ. से लेकर तमाम सरकारी, अर्द्धसरकारी अधिकारियों का काफिला आया हुआ था। मन्त्री पद पर न रहने के बावजूद जगदम्बा बाबू का दबदबा सत्तारूढ़ पार्टी के संगठनकर्ता के रूप में कम नहीं था। ऊपर तक उनकी पहुँच सर्वविदित थी।

उत्सव-सी यह सरगर्मी सुक्खन भौजी को रोमांचित कर गई। एक तो पहली बार ऊँच-नीच का भेदभाव छोड़, राव-उमरावों के बीच बैठने का सम्मान प्राप्त हुआ था—वह भी अपने अपाहिज बालक के चलते, जो बड़े-से-बड़े कमाऊ सपूतों वाली महतारी के भाग में भी दुर्लभ होता है। दूसरे—उसका आश्रित पूत आज से अपने पाँव पर खड़ा हो सकेगा! यह सुखानुभूति उसके रोम-रोम में किलकती फिर रही है। आँखें कभी मंच पर अनेक मालाएँ धारण किए हुए जगदम्बा बाबू के ओजस्वी मुखमंडल पर लोट जातीं तो कभी अचम्भित ललौना के मुख पर।

"भाइयो! अब जगदम्बा बाबू शारीरिक अक्षमतानुसार विकलांगों को स्वावलम्बित बनाने हेतु उपहार भेंट करेंगे।" ठाकुर सुमेर सिंह की उद्घोषणा का उपस्थित जनसमूह ने करतल-ध्वनि से स्वागत किया।

मंच से उतरकर जगदम्बा बाबू उस स्थान की ओर बढ़े जहाँ वितरित होनेवाले उपहार सजाए हुए थे। विकलांगों के मलिन चेहरों पर सघनाती सन्ध्या बेला गंगा में सिराए जानेवाले सैकड़ों दीपमालाओं की हिचकोले खाती उजास हिलोरें लेने लगी। एक के बाद एक नाम पुकारे जाने लगे।

सगवर का संकठा प्रसाद दाएँ हाथ से लूला! जगदम्बा बाबू ने उसे पैरों वाली सिलाई की मशीन भेंट की। संकठा प्रसाद जुम्मन मियाँ की सिलाई की दुकान में मजूरी करता है, अब अपना अलग काम शुरू कर सकेगा। इतना नाता जुम्मन मियाँ निबाहेंगे ही कि उसके लिए पोशाकें काट दिया करेंगे। सिलाई मशीन के एक ओर जगदम्बा बाबू खड़े हुए हैं तो दूसरी ओर संकठा। सुक्खन भौजी का हृदय अधीर हो आया कि बारी-बारी से सभी के नाम पुकारे जा रहे हैं, उनके ललौना को अब तक क्यों नहीं बुलाया गया? कहीं ऐसा तो नहीं कि सब कुछ बँट जाए और उनके ललौना के हाथ कुछ भी न लगे! नामों की घोषणा बदस्तूर जारी है। वह सुन रही है। अब फिर किसी का नाम बार-बार दोहराया जा रहा है—"मोरी दय्या, ई तो मोरे ललौना का नाम हय!" अकस्मात् बोध हुआ तो षोडषियों की तरह लज्जित हो अपने ओंठ काट लिए। प्रतिपल 'ललौना-ललौना' सम्बोधन की आदी उसकी बेसुध मनश्चेतना को भान ही नहीं हुआ कि बिसनू कुमार बारी अन्य कोई नहीं, उसका छौना ललौना ही तो है।

इत्ता बल कहाँ से आ गया मुँहझौंसे में। बकुलियों का टेका लिए धमर-धमर चलता हुआ ललौना जगदम्बा बाबू की ओर बढ़ रहा है, जहाँ वे एक साइकिलनुमा हैंडिल वाली गाड़ी के निकट खड़े हुए हैं। फुर्ती से बिल्लेवाला कार्यकर्ता आगे बढ़ ललौना को जगदम्बा बाबू से मिलाता है। ललौना ने दोनों हाथ जोड़कर जगदम्बा बाबू को नमस्ते की। 'च्-च्' नासिका टेक पैलगी करैक चाही कि बाबुन की भाँति हाथ जोड़ि रहा हय? सुक्खन भौजी का दिमाग भन्ना उठा। किन्तु अगले ही पल अपनी भूल का एहसास हुआ। बकुलियों के सहारे टिके खड़े ललौना के लिए एकाएक झुकना कष्टकर ही नहीं, मुश्किल भी है।

प्रसन्न जगदम्बा बाबू हाथ में कैंची लिये पता नहीं ललौना को धीमे-धीमे गाड़ी दिखाते हुए क्या समझा-बतिया रहे हैं? तभी ठाकुर सुमेर सिंह आगे बढ़ उन्हें पहियेवाली गाड़ी पर बँधे गुलाबी फीते की ओर संकेत कर काटने का आग्रह करते हुए दिखे। फीता कटते ही तालियों की तुमुल गड़गड़ाहट पलों वातावरण में उत्तेजना फैलाए रही। एक कार्यकर्ता ललौना को स्वयमेव गाड़ी में बैठने और उसे हैंडिल द्वारा संचालित करने की विधि समझाने लगा है। ललौना की अचम्भित आँखों में आत्मविश्वास-भरी चमक अँकुआ आई है।

उसने अपने गाँव में अनगिनत साइकिलें दौड़ती देखी हैं, पैडल मारते पाँवों को बड़ी हसरत से देखता रहा है वह। उसे महसूस होता है, उसके हाथ सहसा पाँवों में परिवर्तित हो उठे हैं। गाड़ी का हैंडिल पैडल में और पैडल में उसके पाँव तेजी से घूमने लगते हैं।

ललौना की गाड़ी ऊबड़-खाबड़ मैदान में झकझोले खाती तीव्रता से आगे बढ़ी जा रही है। प्रतिक्रिया में रोमांचित जन-समुदाय निरन्तर हर्ष-ध्वनि से आकाश गुँजाये दे रहा है।

लम्बा गोल चक्कर मारकर उसी स्थान पर लौटते ही जगदम्बा बाबू ललौना की पीठ थपथपाकर उसे हार्दिक बधाई देने लगे। छायाकारों की भीड़ ने दोनों को चारों ओर से घेर लिया। सीधे-सरल ग्रामवासियों के लिए यह अद्भुत दृश्य है। एक उदार महिला कार्यकर्ता को अचानक सुक्खन भौजी का स्मरण हो आया। वे जबरन उसे उठाकर, भीड़ को चीरती हुई ले जाकर, ललौना के निकट खड़ा कर जगदम्बा बाबू और छायाकारों से उसका परिचय करवाती हैं कि यही बिसून बारी की माँ है। छायाकार ललौना और गाड़ी के संग सुक्खन भौजी की तसवीर खींचना चाहते हैं। आग्रह करते हैं कि वह जरा-सा मुँह खोल ले। लेकिन उनके लगातार आग्रह के बावजूद सुक्खन भौजी का आँचल उँगली-भर पीछे नहीं सरका। अच्छा ही किया, वरना अपनी मूसलाधार बरसती आँखों को लोगों की नजर से कैसे छिपाती। लोग धिक्कारने लगते, कैसी अपशकुनी मेहरिया है! शुभ कारज पर टिसुए ढुलकाए जा रही है...

बचा-खुचा खाना बिलरिया के भय से सिकहरे में टाँगते हुए सुक्खन भौजी को चिन्ता हो आई कि ललौना को पहले दूध दे दे। कुम्भकरना खटिया पर पड़ते ही नाक बजाने लगता है। बासन बाद में निपटा लेगी। महतारी-बेटवा, दुइ प्राणी के होते ही कितने हैं? परन्तु कल के लिए टालना ठीक नहीं होगा। कल एकादशी है। घर लीपने के लिए गली-गलियारों से गोबर इकट्ठा किया रखा है। मुँह-अँधेरे उठकर लीपना शुरू करेगी, तब कहीं जाकर सूरज उगे तक निपटा पाएगी। टहल के लिए निकलने में अबेर हो गई तो दुलहिनें लत्ता लेने से चूकेंगी?

अँगनई के दाहिने कोने में जहाँ पुदीना बोया हुआ है और माटी की ऊँची बेडौल भीती पर तुरई की बेल चढ़ा रखी है, वहीं ललौना की गाड़ी खड़ी हुई है। गाड़ी सुक्खन भौजी दुआर पर नहीं छोड़ती। भीतर लाने के उपक्रम में देहरी तुड़वाकर समतल करवानी पड़ी, ताकि गाड़ी भीतर आ सके। उसने करवाई। ललौना कम दुष्ट है! फर्राटे से गाड़ी अँगनई में ले आता है और चक्करघन्नी देते हुए उसे खूब दिक्क करता है। बिरझाई सुक्खन भौजी उसे गरियाती जाती है—'कूकर नाहिकै... पुदीने की क्यारी रौंदि डारेव? अबकी जौ तुम मोटाई छँटिहौ नासिकटौनू, तौ खाल उधेड़ के धरि देब!'

वह अम्मा की बिरझाहट का मजा लेते हुए तभी थमता है जब उसे अनुमान हो जाता है कि अब वे गाली से नहीं, चैले से काम लेंगी।

दुधहड़ी से गिलास में दूध डाल और उस पर मोटी साड़ी का टुकड़ा रखकर, गुनगुना आए गिलास को आँचल से दबाए हुए सुक्खन भौजी ललौना के खटोले की ओर बढ़ ही रही थी कि साँकल खड़कने की ध्वनि सुन, चौकन्नी हो थम गई। ध्वनि-भ्रम तो नहीं हुआ उसे? नहीं, ध्वनि-भ्रम नहीं, सचमुच साँकल खड़की है। दुआरे पर कोई है! गिलास खटोले के पाये के पास रखकर, वह आले से ढिबरी उठा किवाड़ों की ओर बढ़ी। शर्तिया बकरिहाइन काकी होंगी। बहुरिया पूरे दिनों से है। हो सकता है, सौरि में जाने की नौबत आ गई हो और वे उसे सहायता के लिए बुलाने आई हों?

"ककिया, तुम हो का?" सुक्खन भौजी ने निधड़क होकर भीतर से दरियाफ्त की।

"हम हैं ठाकुर सुमेर सिंह!" प्रत्युत्तर में गर्जन-भरी आवाज कानों से टकराई। सुक्खन भौजी को पहचानते देर नहीं लगी। प्राण सूख गए। मालिक और इतनी अँधरिया में? कहीं कुछ अघटित तो नहीं घटित हो गया। कहीं...दिद्दा? लेकिन फिर भी, उसे बुलाने के लिए भला उनको आने की क्या आवश्यकता थी? दुक्खी, भरोसे, दुलारे किसी को भी सरपट दौड़ा दिया होता। हाथ की ढिबरी ऊँची उठा, पंजों के बल उचककर वह साँकल खोल, दरवाजे की आड़ में घूँघट काढ़ खड़ी हो गई। समझ में नहीं आया, देहरी पर पहली बेर आए ठाकुर सुमेर सिंह का स्वागत-सत्कार किस विधि करे। बैठाए तो कहाँ? जिज्ञासा करे तो कैसे? तभी मालिक ने उसे संकट से उबार लिया।

"जरूरी बात करनी है।"

सुक्खन भौजी की देह का रक्त-प्रवाह तीव्र हो उठा।

"दरअसल कल वीघापुर में 'विकलांग उद्धार समिति' का दूसरा समारोह है। जगदम्बा बाबू को पहले ही की तरह अपाहिजों को उपहार वितरित करने हैं। केन्द्र से सम्भवत: ऊर्जा मन्त्री कार्यक्रम को सुशोभित करने आ रहे हैं। लेकिन प्रदान की जाने वाली गाड़ियाँ अब तक नहीं आ पाई हैं। कार्यक्रम घोषित हो चुका है। दूरदर्शन और अखबारवालों से लेकर तमाम प्रतिष्ठित लोगों को आमन्त्रित किया जा चुका है। आसपास के इलाकों से हजारों की तादाद में जनता पहुँच रही है। चुनाव निकट है। कार्यक्रम स्थगित करना असम्भव है... जो गाड़ी ललौना को भेंट की गई है, वापस चाहिए।" कहकर उन्होंने ढिबरी की काँपती लौ से धुँधलाए अँधेरे में टटोलती दृष्टि इधर-उधर दौड़ाई। आँगन के एक कोने में खड़ी गाड़ी को देख वह अपेक्षाकृत मुलायम स्वर में बोले, "एकाध रोज में ललौना के लिए मजबूत बैसाखियाँ बनवा देंगे। वह आराम से चल-फिर सके, यही हमारा उद्‌देश्य है।"

सुक्खन भौजी के सिर पर मानो बिजली गिर पड़ी। वह उँगलियों में कसी ढिबरी फेंक कटे वृक्ष-सी मालिक के चरणों में ढह जाना चाह रही है—'मालिक! मोरे बचौना की जिनगी न छीनो, पहियावाली गाड़ी पाय के वह हिरन की नाईं चौकड़ी भरत फिरत हय...राँड़ मेहरिया की बुढ़ौती की आस है अभागा...गाड़ी छीन लैहो तौ कैसे जिई मोर ललौना! कइसे जिई...'

लेकिन प्रतिवाद में भीतर फूटता आर्तनाद ठाकुर सुमेर सिंह की उपस्थिति के आतंक में मूरत बन गया।

ठाकुर सुमेर सिंह उसे मूरत बनी छोड़ देहरी के निकट आए। संकेत की प्रतीक्षा में बाहर खड़े तीन व्यक्तियों को उन्होंने अस्फुट स्वर में भीतर बुलाया और सुक्खन भौजी की परवाह किए बगैर गाड़ी दिखाकर आदेशात्मक स्वर में बोले, "गाड़ी सावधानीपूर्वक उठाकर वैन में रख दो...वैन इधर गलियारे से नहीं... ऊसरवाली सड़क पर से निकाल ले जाओ।"

पेट से गले और गले से पेट के भीतर पछाड़ खाते रुदन को मुँह तक न आने देने के प्रयास में थर्राती सुक्खन भौजी की ओर मुड़कर ठाकुर सुमेर सिंह

मात्र इतना भर बोलकर देहरी की ओर बढ़ गए, "पूछा-पाछी होने पर कह देना... गाड़ी चोरी चली गई।"

काँपती टाँगों से सुक्खन भौजी ने किवाड़ों की साँकल चढ़ाई और पलटकर कुठरिया के भीतर दाखिल हो हाथ में कसी ढिबरी उस दीवाल की ओर उठा दी जिस पर पंचायत घर से प्राप्त अखबार की वह कतरन चिपकाई हुई थी, जिसमें गाड़ी पर बैठे हुए ललौना और बगल में हर्षित मुद्रा में ताली बजाते हुए जगदम्बा बाबू की तसवीर छपी हुई थी...।

(1987)

सौदा

किवाड़ों की सिटकनी उतारी नहीं कि पीछे पड़ते दबाव के चलते 'भड़ाक' से पट-मुँह को लगते-लगते बचे। चन्दू की जगह एक नाटी-सी स्त्री-आकृति लपकती-सी भीतर घुस आई। वह भौचक!

भौचक्काहट झटके और कुछ सोचे-समझे कि आकृति ने फुर्ती से पलटकर किवाड़ भेंड़ सिटकनी चढ़ाई और भयभीत हिरनी-सी पटों से पीठ टेक कुछ बोलने की असफल चेष्टा करने लगी। धोती की कसावट से मुक्त हुआ चेहरा एक किशोरी का था! फूटते कल्लों का-सा उभार लिए उसकी लगभग सपाट छाती, कोसों दौड़ाई के बाद सहिताने को किसी वृक्ष के तने से टिकी-सी दम साधने के प्रयास में साधे नहीं सध रही थी। स्मृति में न अड़ोस-पड़ोस का परिचय कौंधा, न गली-मोहल्ले, न दूर-दराज, किसी सगे-सम्बन्धी का...फिर...?

उसकी दृष्टि में बटुर आए भय और सन्देह ने किशोरी की बदहवासी को चिकोटी भरी, "हमार रच्छा...गुंडे हमरे पीछे हैं...बचाय लो...!" सूखी सहमी आँखों के कोरों के तट पर एक नन्ही-सी काँपती लहरी उमड़ी और उसे भिगोने को-सी अरराती बढ़ आई। विनती में जुड़ी कलाइयों की खरोचों पर पपड़िया रहे रक्त-कण उसके संग हुई जबरई की चुगली खा रहे थे।

कनपटियों से साँय-साँय बहता तनाव भौंहों के बल रेंगता नाक के इर्द-गिर्द टपकने लगा। मवाली पीछे लगे हैं तो उसकी खोली तक खोजते हुए पहुँच सकते हैं। बच्चों के संग वह घर पर अकेली है। रात के डेढ़-दो से ऊपर हो रहे होंगे। चन्दू भी अब तक घर नहीं लौटा। ऐसे में अनजान छोकरी को घर में घुसाकर वह

अपने लिए आफत नहीं न्यौत रही? महीने में बीस-पच्चीस दिन बच्चों के संग अकेले काटना होता है। कोई संकट खड़ा हो जाए तो किसका मुँह जोहेगी? बस्ती-बस्ती का फर्क ऊपर से। झोंपड़-पट्टी में थी तो मामूली-सी 'चीं-चाँ' पर भी लोग फूट पड़ते थे। चाल में अपनी-अपनी खोली, खोली में बन्द अपने-अपने दुःख-सुख!

उसकी मौन दुविधा ने किशोरी को आतंकित कर दिया। कहीं गृहस्वामिनी उसे घर से निकालकर बाहर मँडराते चील-कौवों को न परोस दे! फूटती हिचकियों को बरबस सुआए होठों में भींचने की असफल कोशिश करती हुई वह विगलित-सी उसके पैरों में देहरी हो आई—"बड़ी मुश्किल से पिरान बचाय के भागे हैं...इज्जत बचाय लो हमारी...हमरी माई समान हो...तोहार उपकार जिनगी-भर न बिसरब..."

दारुण रुदन द्रवित कर गया। पाँव पर झुकी छोकरी की जूड़ी चढ़ी-सी काँपती पीठ उसके इर्द-गिर्द बेड़ियाँ बुनने लगी। किंकर्तव्यविमूढ़ हो उठी। कठिन-से-कठिन परिस्थिति में भी उसकी विवेक-बुद्धि कुन्द नहीं हुई। इस क्षण कुछ सूझ नहीं रहा। कदम आगे बढ़ाए या पीछे! हो सकता है, छोकरी भली हो, सच्ची हो, परिस्थितिवश मुसीबत में फँस गई हो। कुछ भी हो, है असहाय। जवानी के तने पर पंजे कसती देह! चन्दू किसी भी क्षण गोदाम से घर लौट सकता है। उसे समझा लेगी। रात-भर के आसरे की बात है, सुबह सही-सलामत उसके ठिकाने पर चन्दू ही पहुँचा देगा। चन्दू की नींद सुबह न भी टूटी तो बच्चों को स्कूल रवाना कर, वह खुद ही उसे लेकर चल देगी। मुसीबत किसी को बताकर तो नहीं टूटती! यही ठीक होगा। चन्दू के आने तक उसे बच्चों के संग लिहाफ में दुबकी रहने को कहेगी। सन्देह में मवालियों ने दरवाजा ठोंका-पीटा भी तो यही दर्शाएगी कि वह गहरी नींद में सो रही है। अधिक उत्पात मचाएँगे तो चीख-चीखकर मोहल्ला जगा लेगी...

"उठ!" उसने झुककर छोकरी को पैरों से अलग किया, "नाम क्या है तेरा?" कान गली से उठनेवाली किसी भी आहट के प्रति चौकन्ने हो उठे।

"गेंदा..."

नाक-आँख का पानी हथेलियों से पोंछते हुए उसके सकुचाते हुए होठों पर उँगली रखते हुए उसने गेंदा को चेतावनी-सी दी, "सीऽऽऽ रोने का नईं... आवाज बाहर जाती...बोल, रैती किदर तू?"

उसके सवाल ने गेंदा को साँसत में डाल दिया।

"पता-ठिकाना होएगा न किदर का!" गेंदा की दुविधा भाँपते हुए उसने उसके संकोच को तोड़ना चाहा—"झगड़ा-बिगड़ा करके भागी होएगी घर से तो पन घबराना नईं।"

"दीनागंज...जिला गोरखपुर।"

"क्या? तुम इदर की नहीं?"

गेंदा ने अस्वीकार में धीरे-से सिर हिला दिया।

"तो तू इधर कैसा आई?" उसे घेर किसी पहेली का फन्दा कस गया। साँस ऊपर की ऊपर नीचे की नीचे। गेंदा की गरदन धड़ पर झुक गई निर्जीव-सी।

उसका धैर्य बिलबिला उठा—"बोलेगी नईं तो कैसे चलेगा?"

गरदन नहीं उठी लेकिन साहस जुटाते शब्द स्वर पाने को तत्पर हो आए—"सूखा के चलते न गोड़ाई, न बुवाई...काम माँगने सोहनवा के होटल गए...उहाँ एक डिरेवर से भेंट भई। बोला, हमरे संग सहर चल, अपने सेठ के घर नौकर रखवाय देंगे। पाँच सौ रुपिया तनखाह मिली। रहना-खाना घर ही पर, अपने लिए क्या बचा-बुचू के माई को मनीऑर्डर करवाती रहना...हमहु सोचे, पैसा पाय के माई की रिस जाती रहेगी...पचास रुपिया दिया। बोला, अपने संग हम ठेला में लिवाय चलेंगे...सो हम..."

सब्र बँधा। सेठ के घर में काम छोड़कर भागी होगी। बड़े घरों में वह भी खटी है। पगार अपनी जगह है, मगर नौकर को वे आदमी नहीं, जानवर समझते हैं, जानवर! बूँद-बूँद निचोड़ते नहीं झिझकते। सहन नहीं हुआ होगा इससे—"काम की कमी नईं, पन दूसरा घर पकड़ के सेठ का घर छोड़ना था न! अऊर ऐसा रात में भागना।"

उसकी सहानुभूति पा, गेंदा के भीतर पसरा अँधेरा चरमराया। उठती दृष्टि के साथ लसाए दाँतों से चिपके होठ 'पच्च' से तनिक खुलकर बुदबुद हुए। लगा, जैसे खुलती हिम्मत के बावजूद झिझक की कोई पैनी कील ठीक जुबान के बीचोंबीच आ धँसी हो और महसूस हो रहा हो कि किसी के आग्रह पर बीती सच्चाई के फिर गुजरना ठीक किसी की धौंस की दहशतवश अपने ही हाथों अपने कपड़ों के बटन खोलने जैसा त्रासदायी है...क्षोभ से मन फिर उमड़ आया। अबकी जुबान की हरकत में आड़े आ रही कील उसने कोशिश कर उखाड़ फेंकी।

"सेठ की नौकरी फरेब थी, डिरेवर हमको धोखा दिया..." कील फिर गड़ने को हुई।

उसकी आँखों में अनायास लालटेन की बत्ती उकसा-सी आई, "बोल-बोल!"

"इहाँ लाके लालू दलाल के हाथ बिका दिया...चार हजार का सौदा पटा... लालू हमसे धन्धा करवाने को मार-कुटाई करने लगा...हम हाथ-गोड़ जोड़ते रहे—हमका छाँड़ि दे, हमसे नहीं होगा...आज सुबह बहुत जबरई किया, हम खिड़किया से कूदि के भागे..." गेंदा के धैर्य का बाँध टिका नहीं रह पाया।

वह अवाक् हो उठी।

धैर्य बँधाने के सारे रास्ते अवरुद्ध हो उठे। सत्य कहने के लिए जितना साहस जुटाना होता है, सुननेवाले के लिए भी सुनकर उसे झेल पाना उतना ही दुष्कर! बड़ी मुश्किल हुई अपने को समेटकर गेंदा को ढाढ़स बँधाने में—"छिः-छिः, बहुत बुरा हुआ तेरे साथ..." अपना भी गला भर्राता हुआ हो आया—"जी छोटा मत कर, कोई-न-कोई रास्ता निकलेगा। रो मत इतनी जोर से...आवाज बाहर जाएगी।"

"चल, चलके बच्चों के पास सो जा गुपचुप, कोई भी आने दो, दरवाजा नईं खोलेगी मैं, मरद आएगा तो सऽऽब सँभल जाएगा।"

निश्चय से भरी वह गेंदा की बाँह पकड़, खोली के बाईं ओर दीवार से सटे पड़े पलंग के पास ले आई। गठरियों-से लुढ़के पड़े उसके तीनों बच्चे पलंग पर सो रहे थे। अचानक ठिठकती गेंदा की चीख सुनकर वह हतप्रभ हो उठी। पलटी तो पाया, पलंग के सामने वाली दीवार पर जड़ी फल्ली के ऊपर रखे चन्दू के बड़े-से चित्र के समक्ष ठिठकी हुई गेंदा पत्ते-सी काँप रही थी। अधीर हो उसने गेंदा को झकझोरा—"ऐसा काय कू घूरती फोटू को!"

गेंदा ने अजीब दृष्टि से देखा उसे। घिग्घी बँध आई क्षण-भर को—"डिरेवर ये...ये...यही है डिरेवर!" संकेत में उठी उसकी उँगली अचानक मरोड़ दी गई टहनी की भाँति पोर से झूल गई।

"क्या बकती है तू?"

"ठीक कहते हैं...यही नीच है...इसी दहिजार ने हमका फुसला-बहलाकर यहाँ लाया है।"

"देख-देख...ध्यान से देख!" आवेश से भरकर उसने फल्ली पर से चित्र उतारकर गेंदा की आँखों के सम्मुख तान दिया।

"खूब पहचानते हैं इस पापी को, ठेला चलाता है...साथ का मनई चन्दू नाम से बुलाता है उसको...हमको कहाँ मालूम था ये मनई के भेष में भेड़हा है...ढेर लड़िकिन को बहिका-फुसला के उनका जीवन बरबाद किया है..."

अविश्वास और उत्तेजना से भरा उसका हृदय काँप उठा। गेंदा के स्वर की दृढ़ता चोट खाई नागिन की तरह फन काढ़े उसकी समूची चेतना पर फुफकार रही है...सिर घूम रहा है...सिर नहीं, शायद खोली ही रहट के चक्कर की भाँति तेजी से घूम रही है।

चन्दू का चित्र देख गेंदा किसी भ्रम का शिकार भी हो सकती है! लेकिन न नाम गलत बता रही है, न पेशा। गोरखपुर, बलिया, देवरिया वह माल ढुलाई-भराई के लिए अक्सर जाता है। भ्रम की गुंजाइश है ही कहाँ?

घुटनों में मुँह दिए, रह-रहकर सिसकी खींचती गेंदा की ओर दृष्टि घूमी, अभागिन नहीं जानती रही होगी प्राणों की रक्षा हेतु वह जिस घर के दरवाजे आसरे के लिए खटखटा रही है, संयोग से उसी अहेरी का होगा, जिसने अपने जाल में फँसाकर उसकी बरबादी की नींव खोदी!

गेंदा को घर से हटाना होगा। हो सकता है, पीछा करते हुए मवालियों के संग चन्दू भी गेंदा की खोज में आकाश-पाताल एक कर रहा हो? न भी ढूँढ़ रहा हो, तब भी उसके लौटने का समय हो ही रहा है। किसी भी क्षण वह टपक सकता है। ऐसे में गेंदा सुरक्षित नहीं रह सकती। बच्चों के पास भी अब उसे सुलाकर नहीं छिपा सकती। नशे में धुत्त चन्दू घर में घुसते ही बच्चों के माथे पर हाथ फिराने से नहीं चूकता। चौकी न पहुँचा दे? ठीक मोहल्ले के नाके पर ही है। लेकिन गेंदा को साथ लेकर निकलना ऐसे नाजुक समय ओखली में सिर देना होगा। शिकारी कुत्तों-से सूँघते गुंडे गली-गली उसे ढूँढ़ते फिर रहे होंगे। कुछ भी हो, अकेले चौकी पर जाने की हिम्मत वह किसी तरह नहीं सँजो पाएगी। पुलिसवालों के सलूक के विषय में इतना ऊल-जलूल सुन रखा है कि सोचकर ही झुरझुरी होती है। सुना तो है, चौकी पर अब औरत हवलदार और दरोगा भी होती हैं लेकिन इतनी रात गए कोई ड्यूटी पर होगी कि नहीं, कौन जाने!

भँवर से उचक लेने को अचानक एक हथेली उसकी ओर कौंधी।

"घर में बइठ, मैं ताबड़तोड़ आई।" गेंदा के सन्दिग्ध चेहरे को उसने हाथ बढ़ाकर आश्वासित किया और लपककर फल्ली पर रखा हुआ ताला-चाबी उठा, खोली से बाहर हो गई।

बस, पटवर्धन ताई घर पर हों!

वैसे आज मंगल है। उन्हें घर पर ही होना चाहिए। जद्दन आपा बता रही थीं कि औरतों के जमावड़े में शरीक होने ताई नागपुर गई हुई हैं। सोमवार की सुबह लौटने वाली हैं। 'दलित स्त्री उद्धार समिति' उनकी समाज-सेवी संस्था है। संस्था की गतिविधियों के सिलसिले में ताई अक्सर बाहर आती-जाती रहती हैं। जद्दन आपा के संग ही वह पहली बार ताई के घर गई थी। जद्दन आपा के मर्द ने दूसरी औरत रख ली थी। खाने-खर्च को वह कानी कौड़ी नहीं ढीली करता था। हाथ-पैर ऊपर से तोड़ता रहता। वह हफ्तों काम पर नहीं पहुँच पाती। पटवर्धन ताई ने जद्दन आपा की भरपूर मदद की। बच्चों को स्कूल में भर्ती करवाया। मर्द पर मामला दायर करवाकर गुजारा-भत्ता दिलवाया—सीधे तनख्वाह से कटकर पैसे मिलने लगे आपा को।

मुख्य सड़क पार कर वह जे.वी. नगर के ठीक सामने आ गई। जर्द सन्नाटे का भय रह-रहकर रीढ़ में चिलकें मारने लगा। कॉलोनी की चौकसी करनेवाला गुरखा तक नजर नहीं आ रहा, न किसी गली से उठती उसके डंडे की लयात्मक ध्वनि। अचानक चौड़ी माँग-सी कढ़ी बीचोंबीच वाली सड़क के आखिरी छोर पर उसे तीन परछाइयाँ डोलतीं, आगे बढ़ती दिखाई दीं। भय से गला सूख आया। फुर्ती से किनारे लगी मेहँदी की बेतरतीब बाड़ के पीछे दुबक ली। साँस दबाई। करीब से गुजरे तो उनकी बतकही ने उसे तनिक सहज किया। आशंका निर्मूल सिद्ध हुई—रात पाली से छूटे हुए कामगार थे वे, हाथों में खाने का डिब्बा झुलाते हुए।

हड़बड़ी और उलझन के चलते छोटी शिब्बू को जगाना ही भूल गई। उसे सारी बातें समझा देती कि चन्दू लौटेगा और आधी रात को अपने दरवाजे पर ताला पड़ा पाएगा तो भरोसा नहीं, गुस्से में आकर ताला तोड़ने लगे। सिखा देती कि बाप जैसे ही दरवाजा भड़भड़ाए, शिब्बू उसे भीतर से ही आश्वस्त कर दे कि विमला मौसी के घर से उनके छोटे बच्चे के अचानक बीमार होने की खबर आई थी।

आई (माँ) उसका रास्ता देखते हुए अन्त में उन्हें बाहर से बन्द कर मौसी के घर को चली गई। वह अपने दोस्त काली भाऊ के यहाँ जाकर सो जाए या लौटकर गोदाम में रात गुजार ले। गोदाम या चकला!

"छोटी बात नईं, मंगला! जब तलक मैं शहर में, सेठ अक्खा गोदाम की जिम्मेवारी मेरे को सौंपा...लोडिंग-अनलोडिंग, सब्ब मेरा ताबे में..."

"ले, सँभाल के रख गड्डी, पूरे दस हजार हैं! दस बजे पांडुरंग सेठ पांडुरंगवाड़ी में बुलाया मेरे को, पगड़ी अऊर बिल बदलने का पैसा दे के कल ही मैं खोली का चाबी लेकर आएगा...बावली सरखी क्या देख रई...जा होशियारी से रख जाके गड्डी...मुफ्त मदद नईं किया सेठ...खून-पसीना एक करता मैं उसके वास्ते...उसको पन मालूम, आदमी बोत मिलते, ईमानदारी नहीं मिलती..."

तर्क में दम था। मुँह में ताला पड़ गया, मगर अन्तर्मन में पालथी मारे सन्देह झाँसे में नहीं आया था। आटे के डिब्बे में गड्डी छिपाकर वह रात-भर बिछौने पर करवटें भरती रही। रातोंरात ऐसा क्या चमत्कार घट गया जो सेठ उस पर इतना कृपालु हो उठा कि पूरे गोदाम की जिम्मेवारी उसने अपने एक मामूली-से ड्राइवर को सौंप दी? ड्राइवर वह बहुत अच्छा है। अड़तालीस घंटे बिना पलक झपकाए सीट पर सीधा बैठा रह सकता है। बिना बोतल के वह भी नहीं। लेकिन...सन्देह के बावजूद उसे सपने में भी अन्देशा नहीं था कि मेहनत और ईमानदारी की आड़ में आ रही जिस रकम से वह बच्चों को अच्छे स्कूल में पढ़ा रही है, झोंपड़ी छोड़ खोली में आ बसी है, अच्छा खा-पहन रही है, सुख-सुविधाएँ जुगाड़ रही है, वह स्त्री के देह-व्यापार से कमाई गई रकम है! छि:, छि:! चन्दू का यह स्वरूप भी हो सकता है? सकता है क्या? है! असलियत पूरी क्रूरता और कुरूपता के साथ उघड़ चुकी है, उसके विश्वास को निर्ममता से रौंदती हुई।

पटवर्धन ताई से कहेगी, गेंदा को तुरन्त उसकी खोली से हटाकर अन्यत्र छिपा दे। छिपाने की क्या जरूरत है। ताई उसे सीधे पुलिस के हवाले कर सकती है! पुलिस गेंदा को अपने संरक्षण में ले लेगी। पूछताछ करके तत्काल उस अड्डे पर छापा मारेगी, जहाँ दलाल निश्छल छोकरियों की मजबूरियों का फायदा उठाकर उन्हें धन्धा करने के लिए विवश करते हैं।

कमाठीपुरा! जगह का कोई ऐसा ही नाम बता रही थी गेंदा। 'चन्दू भी उन

सबके साथ पकड़ा जाएगा!' तिरस्कार से कोई उसके कानों में फुसफुसाया। वह एकबारगी काँपकर खड़ी हो गई। लगा, पुलिस चन्दू को बेड़ियों में जकड़े हुए ठीक उसकी ओर बढ़ती चली आ रही है। उसे कुत्ते की तरह घसीटती हुई! घुटनों पर निर्ममता से प्रहार करती हुई...प्रहार के साथ एक भीषण आर्तनाद उठता है। हवाएँ सहमकर दुबक जाती हैं! मगर चीखें हैं कि लगातार वातावरण को रौंद रही हैं! उसकी ठिठकी देह पसीने से तर हो उठी।

चन्दू को सजा हो सकती है—एक साल, दो साल...कई साल...नौकरी छूट जाएगी उसकी। उनकी गृहस्थी का जुआ भूमि पर आ गिरेगा। बरसों बाद अभावों की मार से वह अपनी पीठ बचा पाई है! एक झटके में सारा खेल खत्म हो जाएगा। फिर वही दलदल! घर-घर बर्तन घिसना! स्वामिनियों के व्यंग्य-बाण झेलना! लौट सकेगी उसी जिन्दगी में?

नहीं...नहीं...लौट सकेगी! मामूली-मामूली-सी चीजों के लिए बच्चों का तरसना नहीं झेल सकेगी...क्यों इतना सोच-विचार कर रही है! गेंदा क्या निर्दोष है? किसने कहा था कि वह एक सर्वथा अनजान व्यक्ति पर विश्वास करने की मूर्खता करे? उसके साथ चल दे? धीरज धरती। गाँव में रहकर मजदूरी खोजती। पेट में पानी डालकर भी तो आदमी इज्जत की जिन्दगी बसर कर लेता है! पसीने की बूँद पिला-पिलाकर उसने नहीं अपनी गृहस्थी पोसी? चन्दू की ड्राइवरी तो बहुत बाद में लगी। उसे ड्राइवरी सिखाने के लिए भी तो उसने साढ़े चार सौ रुपये अपनी एक सेठानी से उधार लेकर भरे थे। महीने-के-महीने पचास रुपये पगार में से कटवाती रही थी। सहानुभूति के बहाने कितनों ने प्रलोभन फेंका—'प्रभु सेठ से मिल ले, तीन हजार लेकर दुबई में नौकरी दिलवाता है! खूब कमाई होती है वहाँ, दलिद्दर कट जाएगा साल-खाँड़ में।' हुँह! क्या होता है वहाँ, कौन जाने? अपनी मिट्टी की रूखी-सूखी मंजूर रही, बनिबस्त पराए मुल्क की हलवा-पूड़ी के।

चन्दू का क्या दोष? धन्धा फिर धन्धा है, चमड़े का हो या चमड़ी का! देखा नहीं, सुना खूब है। बड़े-बड़े होटलों में औरतों का नंगा नाच करवाते हैं सेठिए! कितनी इज्जत है समाज में उनकी? ठाट से लम्बी गाड़ी में घूमते हैं। कोई उठाता है उँगली उन पर?

यही घर है। बालकनी से लटका हुआ 'दलित स्त्री उद्धार समिति' का बड़ा-सा बोर्ड ठीक सिर के ऊपर है। जीने के निकट पहुँचकर देह अड़ियल बैल-सी ऐंठ गई। बस, एक माला सीढ़ियाँ चढ़ेगी और उसके जीवन का फैसला हो जाएगा। कुछ ही घंटों में चन्दू जेल की सलाखों के पीछे होगा...जेल के सूखे टीकड़ों को पानी के साथ जबरन निगलता हुआ। आखिर पैसा कमाने की जिस राह पर वह आँखों में पट्टी बाँधकर चल पड़ा है...किसके लिए? पेट में दारू और कुछेक स्त्रियों का सहवास-सुख भोग भी लेता हो तो क्या, उनकी सुख-सुविधाओं का खयाल नहीं रखता?

मूर्ख है वह। मूर्ख नहीं, अन्धी भी।

स्वयं गृहस्थी की सुख-शान्ति को तीली दिखाने जा रही है। लौट चले। खोली में बन्द चिनगारी को खोली में ही तोप दे। चन्दू के आते ही उसे चन्दू को सौंप दे। वह हिसाब-किताब कर लेगा। उसे क्या लेना-देना गेंदा से? कौन लगती है वह उसकी? एक अनजान लड़की की खातिर वह इतना बड़ा जोखिम उठाने चली है! उसके दु:ख से द्रवित हो...परिणाम सोचे बिना। सारी दुनिया के उद्धार का ठेका उसी ने ले रखा है? गेंदा की ही तरह अभावों की मार से विचलित हो उसकी शिब्बू किसी दिन किसी के बहकावे में आ, ऊँच-नीच सोचे बिना गलत कदम उठा लेगी तो? कौन जिम्मेदार होगा उसकी बरबादी के लिए? आँतों की आग शैतान होती है, शैतान! विवेक-बुद्धि निगल लेती है। पति को जेल पहुँचाने की जुगत भिड़ा वह अपने बच्चों को उसी चौराहे की ओर नहीं ढकेल रही जहाँ पहुँचकर गेंदा घर से भागने को विवश हुई?

दलालों को भनक हो गई कि अड्डे पर छापा पड़ने के पीछे उसका हाथ है तो वे उसे जिन्दा छोड़ेंगे? चन्दू अवश्य अपनी करनी का फल सींखचों के भीतर भुगत रहा होगा, पर वे उसके घर को फूँकने से चूकेंगे? एक गेंदा के पीछे पाँच जिन्दगियाँ नष्ट हो जाएँगी, पाँच—वह, चन्दू, शिब्बू, दीनू, गुड्डू, सब...

घर लौट चले। फौरन। भावुकतावश जीने पर उसके पाँव उठ गए तो अनर्थ हो जाएगा। कुछ नहीं सोचेगी। सोचना ही नहीं चाहती। घूमी, घूमकर जीना छोड़ तेज कदमों से इमारत के बाहर आ गई। अचानक महसूस हुआ, तन पर लिपटी कीमती नौवारी माहेश्वरी साड़ी से लपटें फूट पड़ी हैं...उन लपटों की लपलपाती

तेज आँच में उसकी पूरी देह 'चिड़-चिड़' करती सुलग रही है और अपने ही मांस की चिराँध उसके नथुनों में भरती जा रही है! उसका दम घुट रहा है। आँखें कोटरों से छटकी पड़ रही हैं...

घर! कैसा घर? गेंदा की बलि के बिना पर जीवनदान प्राप्त करता घर! चन्दू के कुकृत्यों की चिनाई से मजबूत होती उस घर की दीवारें! छि:-छि:! उस घर में वह साँस ले सकेगी? स्त्री होकर स्त्री के दुर्भाग्य में साझीदार हो सकेगी? चन्दू बेरोजगार था। वह बेरोजगारी बरसों उसकी गृहस्थी की रीढ़ में पैने दाँत गड़ाए उसके धैर्य को चुनौती देती रही थी। तब साहस नहीं तजा, अब क्यों कमजोर हो रही है?

आगे बढ़ते हुए पाँवों पर सहसा किसी की मुट्ठियाँ आ कसीं और कसती ही चली गईं—इतनी कि वह डग भरना चाहकर भी पाँव उठा नहीं पा रही। शायद गेंदा की कलाइयाँ लग रही हैं...पाँवों की ओर झुककर उसने अपने को उस जकड़न से मुक्त करना चाहा? मगर यह देख स्तम्भित रह गई। उसके बढ़े हुए हाथ में जो कलाई आ समाई है, वह नन्हे हाथों में प्लास्टिक की चूड़ियाँ पहने हुए गेंदा की नहीं, शिब्बू की है।

शिब्बू! वह अस्फुट स्वर में बुदबुदाई और वह बुदबुदाहट तीखी सिहरन की भाँति उसकी सम्पूर्ण चेतना को झनझना गई। न जाने उसे क्या हुआ कि फिरकी की तरह पलटकर वह पटवर्धन ताई के घर की ओर सरपट भागी। सैकड़ों अश्वों की एड़ उसकी टाँगों में आ समाई। वह उनके जीने की सीढ़ियाँ चढ़ते हुए नहीं, तकरीबन उड़ती-सी फलाँगने लगी। दरवाजे के सम्मुख होते ही वह पूरी ताकत से उनका दरवाजा भड़भड़ाने लगी—"पटवर्धन ताई, ओ पटवर्धन ताई! ताई! जल्दी दरवाजा खोलो!"

उसकी पुकार का असर हुआ। भीतर बत्ती जली। एक पदचाप उसकी ओर बढ़ती हुई सुनाई दी।

(1988)

लकड़बग्घा

तीन दिनों की उपासी, औंघाई पड़ी देह अचानक धन्नियों के बीच हुई 'खुर-खुर' की ध्वनि सुन चिहुँककर सचेत हुई। आँखें पटपटाकर पल-भर में 'खुर-खुर' टोही पछाँहवाली ने। कुछ नजर नहीं आया।

कोठरिया में ताजे पिरे सरसों के तेल-सा अँधेरा गढ़ाया हुआ है।

चढ़ी दोपहरी के बावजूद मन में आया कि उठकर भिड़े किवाड़ खोल दें। मगर, आँगन में डोलती तपन ने उन्हें अपने खटोले से उठने नहीं दिया। अँधेरे की जुड़ाहट से हाथ धोना पड़ेगा। हाथ बढ़ाकर उन्होंने भूमि पर रखा बेना उठाया और आँखें मींच देह पर डुलाने लगीं। मूसों ने इधर बड़ा उत्पात मचा रखा है। नंगी धरती जुड़ाती है। सोये कैसे? मूस कभी पाँव का अँगूठा कुटक लेते हैं तो कभी एड़ी। मूसदानी कई हैं घर में। उनकी कोठरिया की खातिर खाली नहीं रहती बस! बड़े दिनों से सोच रही हैं, पियारे को रुपया थमा, अपनी कोठरिया के लिए एक मूसदानी मँगवा लें हाट से। बात आई-गई निकल जाती है।

बेना सूख गया है। सूखा हुआ तो था ही! डुलाने से तपन उड़ेल रहा है। भरी सुराही कोठरिया के एक कोने में रखी हुई है। निर्जला पड़ी हैं तीन दिनों से तो बेना भिगोने की खातिर जल छूना भी दोष होगा। प्रण किया है...मकराहट थोड़े ही!

'खुर-खुर' फिर हुई। हलकी सरसराहट भी।

आशंकित-सी उठ बैठीं खटोले से और भिड़े पट खोल दिए भड़ाक से पछाँहवाली ने। कुछ दिखे तो सही! दिखा। मूस की पूँछ-सा कुछ—धन्नियों के नीचे दबी झाऊ के तिनकों के बीच से लटकता हुआ। अगले ही पल आँखें फटने-सी

लगीं। मूस की पूँछ कुएँ में बिना घिरनी के उतारी गई रस्सी-सी हिलक-हिलक के लम्बा कैसे हो रही है? उनकी टकटकी पनियाकर झपकी भी नहीं कि ये गज-भर की सर्पदेह धन्नियों के बीच पींगें लेने लगी। पछाँहवाली की अशक्त उपासी देह से ऐसी करुण चीख फूटी कि आनन-फानन उनकी कोठरिया के सामने आशंकित कुटुम्बियों की भीड़ टूट पड़ी। हाथ-भर का घूँघट काढ़ पछाँहवाली अपनी कोठरिया से बाहर हो, खमसार की आड़ में साँस ऊपर-नीचे किए खड़ी अन्य मेहरियों के संग जा खड़ी हुईं। लाठी-बल्लम तन गए।

"दादा रे दादा! करिया नाग है! उलटा लटका हुआ फुफकारा छोड़ रहा है... कोठरिया में घुसने नहीं दे रहा किसी को..."

पछाँहवाली की आतंकित देह पत्ते-सी काँप रही है। उत्तेजित, उत्सुक, लपकने को आतुर बच्चों की महतारियाँ डपट रही हैं—जगह पर से न हिलने-डुलने को। जनपियारे ने बल्लम तान कोठरी में घुसने का साहस किया कि तभी अटारी की सीढ़ियाँ उतरती हुई राँड़ तइया सास दिद्दा ने वहीं से हाँक लगा-लगाकर नागराज को कुचलने की कोशिश रोक दी। दिद्दा का आदेश हुआ—"भूलकर भी कोई नागराज को हाथ न लगाए। हाथ लगा नहीं कि कुटुम्ब का अनिष्ट हुआ समझो। प्रणाम करके हट जाओ कोठरिया से सब। पल-भर में अन्तर्धान हो जाएँगे नागराज किसी का अहित किए बिना। बरसों से कुलरक्षक हैं नागराज इस देहरी के। उन्हीं के प्रताप से देहरी फल-फूल रही है..."

पछाँहवाली का काँपता कलेजा झल्लाया—"कुलरक्षक कि भक्षक? बड़ी बुआ के रामेन्द्र को नहीं भक्ष लिया था इस कुलरक्षक ने? कौन बालक रामेन्द्र ने लाठी छुलाई थी कुलरक्षक की देह से?"

नागराज के पक्ष में कई स्वर मुखर हो आए—"छुलाई क्यों नहीं थी! अटारी पर कंचे खेल रहे थे बच्चे। तभी दिखी थी नागबाबा की पूँछ। लड़िकाई बुद्धि। कंचा टर्राकर रामेन्द्र ने फटाक से पूँछ चटका दी उनकी। चोट खाकर गम नहीं खाते नागबाबा, सो मौका पाते ही डस लिया रामेन्द्र को। मान्य का कलंक अब तक टीस रहा है इस देहरी की छाती पर..."

जिदिया गई थी पछाँहवाली कि दिद्दा के संग कुम्भ नहाने वे भी जाएँगी इलाहाबाद। पुण्य-प्रताप की महिमा से भी अधिक चुम्बकीय हो उठी गाहे-बगाहे उनकी बड़ी बहिनी के आनेवाले पत्रों की ममता कि "एक बार तो आ के मिल-भेंट जाओ मुन्नी, तुम तो भरे-पूरे कुटुम्ब में हो, बिना अड़चन निकल सकती हो..." दिद्दा की पैरवी दबाव बन गई लम्बरदार पर—"लिए चलो संग लाला, अभागिन त्रिवेणी में डुबकी लगा के अउर कुछ नहीं तो चुटकी भर शान्ति पा लेई। का धरा है आखिर वहिके रेत-सी सूखी बियाबान जिनगी में!"

इधर दिद्दा ने पैरवी कर दी, उधर वापसी की बेरिया बहिनी ने सोच-समझकर गोड़ धर लिए मनौव्वल की खातिर लम्बरदार के—'जेठ नहीं, ससुर के स्थान पर हैं आप! हमारी मुन्नी के लिए बाप-माई सब। पन्द्रह साल देहरी से पाँव निकले हैं तीर्थ करने उसके, इसी बहाने कुछ रोज हम लोगों के संग रह लेगी...बच्चे भी जानेंगे कि उनकी मौसी जिन्दा है! बहनोई होते तो मौसा का सुख भी अनुभव करते...' और लम्बरदार गोड़ नहीं छुड़ा पाए बहिनी से। धर्मसंकट में पड़ गए। अन्त में निश्चय हुआ—दिद्दा को संग ले वे गाँव लौट जाएँगे। हफ्ते-पन्द्रह रोज बाद पछाँहवाली को उनके जीजा गाँव पहुँचा आएँगे। फसल का समय है, अनवइए नहीं भेज पाएँगे वे।

रात बहिनी के गले में बाँहें डालकर पछाँहवाली एकदम दूधपीती बछिया-सी उनकी छाती में मुँह गड़ाए, हुलस-हुलसकर बोलती-बतियाती रहीं। बाबू-अम्मा नहीं रहे तो नैहर नहीं रहा, मगर नैहर की सोंधी स्मृतियाँ उन्हें कभी बनवारी काका के दशहरी आमों के बागों में डोलाती रहीं, तो कभी किसी गुइयाँ की सोहगिलों के गीत गवाती रहीं, तो कभी उन्हें कोयलपादी अमिया के पीछे लड़ाती-भिड़वाती रहीं, तो कभी मदरसे से लौटते हुए खेतों की मेड़ उतर, पकी कचेलियों की बेलें टटोलवाती रहीं! जीजा पेशाब के लिए जब-जब उठे, उन्हें जगता हुआ पाकर टोक गए सोने के लिए। ठीक भोरहरे जाकर आँखें झपकीं उनकी। बहिनी के घर का सर्वथा अकल्पनीय संसार पछाँहवाली की आँखों की मुंडेर पर किसी इन्द्रधनुषी सपने-सा टँग गया।

बहिनी का बड़ा लड़का योगेन्द्र डॉक्टरी पढ़ रहा है। घर पर नहीं रहता। शहर में होते हुए भी हॉस्टल में रह रहा है।

"पढ़ाई के लिए जरूरी है, मुन्नी! तुमसे मिलने घर आएगा, कल फोन कर आई है सुखदा उसे। खूब खुश हुआ है सुनकर कि मौसी घर आई हुई हैं। तूने तो खूब गोदी खिलाया है उसे, मुन्नी! याद है, एक बार खेतों में चने का साग खूँटने गए हुए थे हम सब। योगेन्द्र को तूने मेड़ पर सरसों के फूल खेलने के लिए देकर बैठा दिया था और धोती का झोला-सा बना साग खूँटने उतर गई थी खेत में। तभी अचानक योगेन्द्र गुलाटी खाकर लुढ़क गया था मेड़ पर से और बबूल का एक लम्बा काँटा घुस गया था उसकी बाईं बाँह में। किस कदर जान छोड़कर रोया था वह, मुन्नी! याद है?"

मँझली बिटिया सुखदा एम.ए. फाइनल में पढ़ रही है। बहिनी ने बताया कि अगले वर्ष सुखदा अपने कॉलेज में ही पढ़ाने लगेगी, साथ ही पी-एच.डी. भी करेगी। पछाँहवाली को अचरज हुआ था कि बहिनी बिटियन को इतना पढ़ा-लिखा रही हैं, मगर उनके ब्याह-शादी की रत्ती-भर भी चिन्ता नहीं कर रहीं। बहिनी हँस दी थीं पछाँहवाली की चिन्ता सुनकर। ब्याह-शादी की चिन्ता है उन्हें, मगर कोई जल्दी नहीं है उन्हें, पहले सुखदा अपने पाँव पर खड़ी हो जाए। अपने पाँव पर खड़े होना लड़कियों के लिए बहुत जरूरी है। समय बदल रहा है। हमारा-तुम्हारा वक्त गया। अब किसकी जिम्मेदारी कौन उठाता है? फिर जीवन-भर माँ-बाप साथ रहते नहीं किसी के, जो ऊँच-नीच होने पर थूनी-से खड़े हो जाएँ संग! हमने तो तुम्हारी परवशता देख अपनी बिटियों के लिए सीख गठियाई, मुन्नी कि लड़कियों को कुछ देना है तो विद्या देनी चाहिए माँ-बाप को। छोटी उत्तरा को भी मैं पूरा पढ़ाऊँगी।"

बहिनी के चेहरे की दृढ़ता पछाँहवाली के हृदय में पिघलती हुई मोम-सी टपकने लगी। बहिनी ने उसकी परवशता से कुछ तो सीखा, किन्तु अपनी परवशता से पछाँहवाली ने स्वयं कुछ नहीं सीखा। क्यों? एक उनकी पुनिया है, पढ़ाई छोड़ घर पर बैठी, अन्य बहुरियों के बाल-बच्चे कनिया में लादे, दिन-भर यहाँ-वहाँ उजड्डों-सी डोलती फिरती है। ऐसा नहीं है कि पुनिया आगे पढ़ने की इच्छुक नहीं है। इच्छुक है। खूब इच्छुक है, मगर मजबूरी है मदरसे की। गाँव में सिर्फ पाँचवीं कक्षा तक ही पढ़ाई है। पाँचवीं तक पुनिया पढ़ ली। अब बच्चे कनिया में लादे न घूमे तो क्या करे? पढ़ने के लिए अपनी साइकिलों पर उत्तरा और सुखदा को

निकलते देखती हैं पछाँहवाली तो बड़ी देर तक दरवाजे पर खड़ी उन्हें जाते निहारती रहती हैं। उत्तरा का पिछाड़ उन्हें एकदम अपनी पुनिया होने का भ्रम पैदा करता है, आँखें भर-भरा आती हैं।

कुम्भ की भीड़ क्या छँटने लगी, मानो एक शहर उजड़ने लगा। फिर भी लट्टुओं से जगमगाता इलाहाबाद पछाँहवाली को किसी इन्द्रलोक-सा मनोहारी प्रतीत होता। सन्ध्या गंगातट का फेरा डलवा लातीं बहिनी। एक रोज हनुमान जी के दर्शन कर बहिनी के संग पछाँहवाली रिक्शे में लौट रही थीं कि आगे जाती हुई फटफटिया पर उन्हें एक लड़की बैठी दिखाई दी। विस्मय से पछाँहवाली की आँखें फटने को हो आईं—"मोरी बहिनी! ये फटफटिया पर बइठी जाए रही बिटिया आय कि लरिका?"

बहिनी पछाँहवाली की भोली जिज्ञासा पर हँस दी थीं, "लड़की चला रही है स्कूटर, मुन्नी। एकदम लड़की! सुखदा चला लेती है बाप का स्कूटर, भीड़-भाड़ की वजह से देते नहीं तुम्हारे जीजा।"

फिर पछाँहवाली का नाक तक खिंचा आँचल देख दुलार-भरे स्वर में डपटा उन्हें—"काहे को पर्दा किए रहती हो हर समय, पूरा इलाहाबाद तुम्हारा जेठ-ससुर लगता है?"

घर पर उत्तरा और सुखदा मौका पाते ही सर्र से उनके सिर का पल्ला खींच देतीं—"क्या मौसी, यह हर समय बुरका क्यों ओढ़े बैठी रहती हो तुम?" क्या कहती पछाँहवाली उत्तरा और सुखदा से! इलाहाबाद से कितने कोस दूर होगा उनका अपना गाँव भरतीपुर, कितना अन्तर है यहाँ और वहाँ के रहन-सहन, उठने-बैठने में! कौन विधि समझाएँ इन बच्चियों को कि कौन-सा जीवन जी रही हैं वे! ढोर-ढमारों को भी रात-भर खूँटे से बाँधे रखकर, सुबह दूध दुहकर हाँक दिया जाता है—ऊसर-बंजर, घास-फूस चरने-विचरने, उनको इतनी भी मोहलत नहीं। तब बदलती दुनिया की रीति-नीति क्या जानें वे?

उस रात पुनिया के भविष्य को लेकर अचानक बहिनी प्रश्न कर बैठीं पछाँहवाली से।

"पुनिया के भविष्य के विषय में कुछ सोचा है तुमने, मुन्नी?"

"हम?" बहिनी के प्रश्न ने उन्हें एकदम सोच-विचार में डाल दिया।

"हाँ, हाँ, तुम! और कौन?"

"हम का सोचब बहिनी..."

"क्यों? महतारी हो, बिटिया के भविष्य, उसकी पढ़ाई-लिखाई, ब्याह-लगुन... कुछ तो सोचती होंगी?"

सोच में डूबी पछाँहवाली ने उत्तर दिया, "सोचैवाले बड़े-बूढ़े बइठे तो हैं।"

"कौन?"

"लम्बरदार।"

"तो पढ़ाई छुड़ाकर घर क्यों बैठा रखा है पुनिया को?"

"मजबूरी है।"

"कैसी मजबूरी?"

बहिनी तो एकदम कचहरी हो रही हैं—"पाँचवीं तक ही है गाँव का मदरसा।"

"गाँव में पाँचवीं तक है मदरसा तो आसपास के किसी गाँव में कोई स्कूल तो होगा, जहाँ लड़कियाँ आगे पढ़ाई जारी रख सकें?"

"है न, धनुहीखेड़ा में है दसवीं तक।"

"कितनी दूर है?"

"भरतीपुर से धनुहीखेड़ा, होई कऊनो दुइ कोस।"

"पढ़ने में मन लगता है पुनिया का?"

"खूब! गाँव की अध्यापिका मनोरमा बहन जी, वोऊ कहती रहीं कि पछाँहवाली, तुम्हार कऊन दुई-चार बिटिया-बेटवा हैं, पुनिया पढ़ै में होशियार है, धनुहीखेड़ा दाखिला करवाय देओ उसका।"

"ठीक ही तो कह रही हैं अध्यापिका जी। क्यों घर बिठाकर साल बरबाद कर रही हो पुनिया का? लौटकर फौरन धनुहीखेड़ा में दाखिला करवा दो उसका।"

"लम्बरदार के पास कहलवाया तो रहय, बहिनी!" पछाँहवाली का गला अपनी विवशता का स्मरण कर अचानक अवरुद्ध हो आया।

बहिनी ने निःश्वास छोड़ उन्हें छाती से चिपका लिया। स्नेहार्द्र हो पीठ सहलाई—"देख मुन्नी! भाग्य ने जो तेरे संग छल किया है, तूने बड़े साहस के साथ उसका खामियाजा भुगता है। तेरा जीवन कट गया, मगर आनेवाला समय बड़ा कठिन

है। पुनिया के भविष्य की सोच, उसे कुछ बना! मैंने तो कितनी बार लिखा है तुझे कि तुझे भरोसा हो मुझ पर तो पुनिया को मेरे पास भेज दे, मैं पढ़ाऊँगी उसे...जैसी सुखदा, उत्तरा, वैसी पुन्नो...अब मेरे भी कष्ट के दिन कट गए।"

धारोधार आँखें बह चलीं पछाँहवाली की। बड़ी मुश्किल से इतना-भर निकला होठों से, "भरोसा...अइ बहिनी, माँ मरे मौसी जिए...झूठ थोड़इ कहते हैं लोग! हम पढ़इबे अपनी पुन्नो को पढ़इबे, बहिनी, पढ़ैबे।"

जीजा के पछाँहवाली को छोड़ने जाने से पूर्व ही अचानक एक सन्ध्या गाँव से बड़े दौव्वा विदा कराने आ गए। उन्होंने अपने आने का कारण रखा बहिनी के सामने कि लम्बरदारिन नर्दवा पर से फिसल गई हैं। उनके दाहिनी गोड़ की हड्डी उतर गई है। लम्बरदार की बड़ी बिटिया बिटालू की सौरी का समय भी निकट है। चूल्हा-चौका की भारी दिक्कत हो रही है। पुनिया भी महतारी को याद कर रही है...

पुनिया की बात सुनते ही पछाँहवाली का कलेजा ऊपर-नीचे होने लगा। वरना बहिनी जिदिया रही थीं कि कामकाज का हर्जा हो रहा है तो हो, जैसा कि लम्बरदार से तय हुआ था, मुन्नी के जीजा ले जाकर मुन्नी को गाँव छोड़ आएँगे अगले हफ्ते। छुट्टी ले रखी है उन्होंने अगले हफ्ते की।

चलती बेरिया पछाँहवाली को बहिनी के गले से छुड़ाकर रिक्शे पर बैठाना मुश्किल हो गया मोहल्लेवालों को। उनके आर्तनाद से यही लग रहा था कि जैसे उनकी काया लौट रही है गाँव, प्राण उनके अपनी बहिनी के पास ही गिरवी हो गए हैं।

योगेन्द्र भागता-ढूँढ़ता गाड़ी छूटने के पहले पहुँच गया था उनके पास। पाँव छूने झुका तो उसका सिर अपनी छाती से गड़ा मिनटों आँसुओं से आशीषती रहीं पछाँहवाली।

बहिनी के घर से लौट आईं पछाँहवाली, मगर उनका हृदय खौलते अदहन-सा खलबलाता रहा पल-पल। पुनिया को देखतीं तो आँखें धुन्ध हो आतीं। आने के हफ्ते-भर बाद ही उन्होंने दरवाजे पर लम्बरदार को सन्देश भिजवाया पुनिया की पढ़ाई की बाबत। तड़के टट्टी के समय अध्यापिका मनोरमा बहन जी से भेंट हुई तो अपनी मंशा उन पर भी प्रकट की पछाँहवाली ने। मनोरमा बहन जी ने आश्वासन

दिया—"निश्चय कर लो, दाखिला मैं करवा दूँगी संग ले जाकर। पिछड़ी पढ़ाई में भी मदद कर दूँगी पुनिया की।" उनकी हिम्मत भी बढ़ाई—"जो सोच रही हो, ठीक सोच रही हो। बगल में सगवर से तीन-चार बिटिया जा रही हैं धनुहीखेड़ा पढ़ने, मैं परिचय करवा दूँगी। उनके संग आया-जाया करेगी। आखिर लम्बरदार अपने बच्चों को उन्नाव में रखकर आगे पढ़ाने का निश्चय कर रहे हैं कि नहीं?"

ठीक ही तो कह रही हैं मनोरमा बहन जी। साल-भर पहले उन्नाव में जगह खरीदकर डाल दी थी लम्बरदार ने। अब घर बनवा रहे हैं उस जगह पर। योजना बनी है कि लम्बरदारिन अपने बाल-बच्चों समेत शहर में ही रहेंगी, उन्हें पढ़ाने। गाँव में बच्चों का भविष्य नहीं है। उजड्ड-के-उजड्ड बने रहेंगे। अनाज-पानी सब यहाँ से जाता रहेगा—घी, तेल सब। कोई दिक्कत नहीं होगी। यहाँ की चिन्ता नहीं है किसी को। पछाँहवाली के दस हाथ हैं काम-धाम को! लम्बरदारिन को तो वैसे भी चूल्हा-चौका छोड़े बरसों हो गए। जिया के मरने के बाद घर की प्रधानी उनके कन्धों पर आ टिकी, सो वे गाँव के न्योते-व्यवहार निभाने में ही व्यस्त रहती हैं।

पछाँहवाली के दरवाजे भेजे गए सन्देश का कोई उत्तर नहीं मिला। उन्होंने अब की लम्बरदार के छोटे बेटे सतीशवा से सीधे सन्देश भिजवाया। हिम्मत करके यह भी कहलवा दिया कि उत्तर उनको चाहिए जल्दी। सतीशवा ने पलटकर सूचना दी कि बप्पा ने कहा है—अपनी चाची से कह दो जाकर कि फालतू की बातों के लिए उनके पास समय नहीं है।

उत्तर सुनकर पछाँहवाली का धैर्य चुक गया एकाएक। हाथ-पाँव चलाती रही कामकाज निपटाने को, मगर जी उचटा-उचटा-सा बना रहा। तिरस्कार की आँच, एक प्रण करती-सी अन्तर्मन में 'भर्र-भर्र' सुलगने लगी। हाड़ फूँक दिए इस कुटुम्ब को पालने के पीछे! किसी के मुँह से कुछ फूटा नहीं कि ताबेदार-सी तुरन्त पूरा करने दौड़ीं वे। भोरहरे उठतीं तो खटोले पर तन पटकने तक एक पहर रात बीत चुकी होती। यहाँ तक कि अपनी पुनिया का भी खयाल नहीं होता कि कहाँ, किसके संग वह किस पलंग-खटोले में दुबकी पड़ी हुई है कि जब तलक वे दिद्दा और लम्बरदारिन की टाँगें नहीं मींज लेंगी, पलक नहीं झपकाएँगी। उसी

घर में उनकी हौंस लम्बरदार को फालतू बात प्रतीत हुई? कौन-सा हिंडोला माँगा था अपने लिए? माँगा था अपनी इकलौती पुनिया के लिए कोई राजपाट? बात करना तक मुनासिब नहीं समझा लम्बरदार ने? दुनिया की पढ़ाई 'फालतू की बात' है तो उन्नाव में जो अपने बाल-बच्चों की पढ़ाई-लिखाई के लिए महल बनवा रहे हैं वह कौन-सी बात है?

भोरहरे टट्टी से लौटकर, कुल्ला-दातुन से निपट पछाँहवाली एक निश्चय से भरी वापस अपनी कोठरिया में जा पड़ रहीं। लम्बरदारिन की टट्टी के लिए आँख खुली तो न उन्हें आँगन में बढ़नी पड़ने की 'खर्र-खर्र' सुनाई पड़ी, न चूल्हे में तोपी हुई चिनगारी को उकसाकर सुलगाए जानेवाले कंडों का धुआँ आँखों में कड़ुवाया। माथा ठनका उनका। पानी से लोटा भर वे बाहर जाने से पूर्व पछाँहवाली की कोठरिया के सामने, भीतर टोहती-सी ठिठकीं। कोठरिया के भीतर सनामन्न पड़ा था। खमसार में दिद्दा की बगल में गठरी-सी बनी पड़ी पुनिया को जाकर हिलाया उन्होंने—"का बात है, पुनिया? तोर महतारी उठी नहीं?"

पुनिया ने उनींदें स्वर में उत्तर दिया, "का जानी, बड़ी अम्मा!"

"उठ, उठ! पूछ तो तनी?"

"पुनिया, कहि दे दिदिया से कि आज हम न उठब।" पुनिया की जगह पछाँहवाली ने अपनी कोठरिया से उत्तर दिया।

तो पछाँहवाली जग रही है! यह कौन-सा स्वाँग है?

"काहे दुलहिन, काहे न उठिहौ?"

"हम कोप म हन दिदिया।"

"कोप म?"

"हाँ, हाँ, कोप म।"

"कोप म बइठ जइहो, दुलहिन, तौ यहि घर का चूल्हा-चौका को करी?" लम्बरदारिन को आशंका हुई थी, कहीं पछाँहवाली की तबीयत न ढीली हो गई हो। मगर यहाँ तो मामला ही कुछ और है। उनका पारा तनिक ऊपर को सरका।

"कोऊ नहीं करैवाला तो लम्बरदार से कह देव कि चूल्हा-चौका की खातिर पंडिताइन रखि देयँ तुम्हारे बरे, हमार जाँगर चुकिगा हय, दिदिया।" पछाँहवाली के वाक्य का कटाक्ष लम्बरदारिन को बिच्छू के डंक-सा चुभा।

"बौरा गई हौ का, दुलहिन! जो सगुन बेला में बोल-कुबोल बोलि रहिव हय? घंटे-आध घंटे में चाय न पहुँची दरवाजे तो जानती नहीं हौ कि कइसे हड़कम्प मची?"

"मची तो मचत रही, दिदिया, हम कोठरिया से बाहर न निकरब।" लम्बरदारिन के सारे प्रहार निरस्त्र कर दिए पछाँहवाली ने। धौंस नहीं सहेगी अब किसी की। जिस घर में उनकी एक बात की सुनवाई नहीं, वे क्यों सिर पटकती बेहाल हों उसके पीछे?

उनके बिना घर में सचमुच हड़कम्प व्याप गया, किन्तु पछाँहवाली अपने प्रण से टस-से-मस नहीं हुई। न वे अपनी कोठरिया से किसी कामकाज को हाथ लगाने बाहर निकलीं। न उन्होंने अन्न-जल जुठारा। दिद्दा समझा-बुझाकर हार गईं, "अरी तेहिन, केहिका तेहा दिखा रही है, कोऊ न देखी तोर तेहा, उठ, काम-काज में लग!" मगर पछाँहवाली को अपनी बात का जवाब लम्बरदार से चाहिए था। जब तक वे स्वयं आकर उनसे बात नहीं करेंगे, उनकी हौंस नहीं स्वीकारेंगे, पछाँहवाली मुँह नहीं जुठारेंगी।

आज तीसरा दिन है पछाँहवाली के उपवास का। भरी दोपहरी नागबाबा और लटक आए उनकी कोठरिया की धन्नियों के बीच से।

नागबाबा को मारने घुसी लाठी-बल्लम से लैस भीड़ दिद्दा की चेतावनी सुनकर, नागबाबा को नमन करती हुई पलटकर दरवाजे से बाहर हो गई। पछाँहवाली का आतंकित हृदय साहस नहीं जुटा पा रहा था अपनी कोठरिया में घुसने का। विशाल घर में यही तो आधा कच्चा-पक्का कोना है उनकी ठौर के लिए। निर्जला देह खड़ी नहीं हो पा रही। हारकर कोठरिया में घुस, किसी भाँति हिम्मत बटोर खटोले में पड़ रहीं पछाँहवाली। मुसीबतें अकेले थोड़े ही लपकती हैं खाने को।

रात-भर पछाँहवाली भयभीत बालिका की भाँति हल्की-सी भी 'खुर्र-खुर्र' सुनकर, चौंककर उठ बैठतीं। पलक झपकती नहीं कि धन्नियों के बीच से फुफकारते नागबाबा कच्चे सपने में डोलने लगते। प्यास से गला सूखने लगता। मन बेईमान हो आया, एक गड़ुवी पानी एक साँस में गटक ही न लें चुराकर। नहीं, यह प्रण

का अपमान होगा। न करतीं प्रण! सुबह तक उनकी हालत खराब हो गई। सूखी उल्टियाँ होने लगीं। पहले तो कुछ पेट से बाहर भी आया। फिर था ही क्या आँतों में जो ओक के संग बाहर आता। घबराकर दिद्‍दा ने दरवाजे खबर भिजवाई डॉक्टर बुलाने के लिए। डॉक्टर के बजाय लम्बरदार ने कहलवाया कि पहले वे स्वयं बात करेंगे पछाँहवाली से, तब जरूरत हुई तो डॉक्टर बुलवा लेंगे। घर के भीतर का मामला है, गाँव में अर्थ का अनर्थ होते वक्त लगता है?

पछाँहवाली ने सुना तो उनके हताश मन में आशा का संचार हुआ। लम्बरदार आ रहे हैं उनसे बात करने तो शायद यही कहने आ रहे होंगे कि वे हार गए। पछाँहवाली की हौंस जीत गई। पुनिया को वे धनुहीखेड़ा आगे पढ़ने अवश्य भेजेंगे। धनुहीखेड़ा भेजना उचित नहीं प्रतीत हुआ उन्हें तो अपने बच्चों के संग पुनिया को भी उन्नाव में ही रखकर पढ़ाएँगे। वह कोई आन की बच्ची है क्या!

पछाँहवाली सीधे लम्बरदार से बात करेंगी नहीं। आज तक कभी की नहीं। जेठ और लहुरी की मर्यादा उनके बीच सदैव कायम रही। सतीशवा को उन्होंने पास बुलाया और अपने पास ही खड़े रहने को समझाया, ताकि जो भी उन्हें कहना हो सतीशवा की मार्फत समझा सकें कि वह उनकी ओर से 'यह' या 'वह' बोल दे अपने बप्पा से।

अपनी कोठारी से निकल भीति की टेक ले-लेकर पछाँहवाली खमसार के एक खम्भे से टिककर आ खड़ी हुईं। सतीशवा उनसे सटकर खड़ा हो गया। आँगन के उस पार लम्बरदार की खड़ाऊँओं की आगे बढ़ रही खट-खट ने मुनादी कर दी, वे घर के भीतर दाखिल हो चुके हैं और अपने सदैव के स्थान पर आ खड़े हुए हैं।

"यह चार रोज से खाना-पीना क्यों छोड़ रखा है, पछाँहवाली?" लगा कि एक उत्ताल तरंग भयंकर गर्जन के साथ ऊपर उछली।

प्रश्न सुनते ही पछाँहवाली की अशक्त टाँगों में अचानक शून्यता-सी उतर आई। आँखों से सोते-से फूट पड़े खारे! निर्जला उपासी देह में पानी कहाँ से आया इतना आँखों से धारों-धार बहने के लिए? यह कैसा प्रश्न है? नहीं जानते लम्बरदार कि पछाँहवाली चार रोज से उपासे क्यों पड़ी है? तिरस्कार पर ऐसा उपहास?

"मैंने उपासे रहने का कारण पूछा है, पछाँहवाली?" पहले प्रश्न का उत्तर न पाकर संयत भाव से लम्बरदार ने अपनी जिज्ञासा दोहराई।

कुछ कहने के लिए सूखे पपड़ियाये होठ फड़के पछाँहवाली के, मगर निरन्तर बहती अश्रुधाराओं के वेग ने ठिठका दिया उन्हें।

"उत्तर दो, यह त्रियाचरित्र किसलिए?" संयत स्वर आवेश से भर उठा। जवाब न देने की यह ढिठाई, वह भी लम्बरदार के समक्ष?

त्रियाचरित्र? पछाँहवाली की हौंस को, उनकी बिटिया को आगे पढ़ाने की ललक को त्रियाचरित्र कहकर लांछित किया जा रहा है! उनकी इच्छा का कोई मतलब नहीं इस घर में? कोई उनकी भावनाओं को दुलराने-लड़ियानेवाला नहीं है? पूरे कुटुम्ब का पेट भरने वाली पिछले चार रोज से अन्न-जल के बिना, बिन पानी की मछली-सी तड़फड़-तड़फड़ करती पड़ी हुई है तो मक्कर करके पड़ी हुई है? अशक्त देह को तीली लग गई अचानक! पछाँहवाली ने सतीशवा से कुछ कहने के लिए कहा, सतीशवा लम्बरदार की ओर उन्मुख होकर बोला, "बप्पा, चाची कह रही हैं कि उन्होंने जो सन्देश भेजा था आपके पास, उसका उत्तर चाहिए उन्हें।"

प्रतिप्रश्न! ऐसा दुस्साहस? लम्बरदार को अचानक नहा पर से उठाकर कठघरे में खड़ा कर दिया पछाँहवाली ने! खमसारों और अपने में दुबकी हुई कुटुम्ब की जेठी, लहुरी स्त्रियों के रोएँ खड़े हो गए भय से।

"जितना पढ़ना था पुन्नू को पढ़ ली, बस!"

"बस नहीं लम्बरदार, पुनिया आगे पढ़ेगी, धनुहीखेड़ा जाकर पढ़ेगी...हम पढ़ैइबे वहिका...पुनिया कै महतारी जिन्दा है अबै!" पछाँहवाली भूल ही गई कि सतीशवा को उन्होंने किसलिए खड़ा किया था अपने पास। उत्तेजना से काँपती उनकी देह अपने वश में नहीं थी।

पल-भर को पूरे घर को जैसे साँप सूँघ गया। लम्बरदार की छाती में पछाँहवाली का दुस्साहस बल्लम की नोक-सा चुभा। एक मामूली-सी मेहरिया की इतनी मजाल कि वह उनके मुँह लगे? उनसे प्रश्न करनेवाले और अपना निश्चय सुनानेवाले पैदा हो गए इस देहरी में? मान-मर्यादा का कोई अर्थ नहीं? इस उद्दंडता का मुँह नहीं कुचला गया तो एक गलत रीति का सूत्रपात हो जाएगा। अन्यों के मुँह के ताले खुलने में देर नहीं लगेगी। उनकी सत्ता को चुनौती देता यह मुँह एक बार खुल आया है तो फिर न जाने कितनी दफे कहाँ-कहाँ खुले। एक कोशिश और आजमा

देखें...घर की चिनगारी घर के चूल्हे में ही तुपी रहे तो बेहतर होगा। अपने ऊँचे, तीखे, रुक्ष स्वर को लम्बरदार ने किंचित् सहिष्णु बनाया—"पुनिया का भला-बुरा सोचना हमारा काम है! उचित होगा कि तुम अपनी सीमा में रहो, पछाँहवाली बहू! और हमेशा की तरह अपने काम-धाम में लगो।"

"हमका पुनिया की पढ़ाई की बाबत प्रबन्ध चही, लम्बरदार..."

"पछाँहवाली!" लम्बरदार का संयम ढह गया एकाएक।

"हाँ, हाँ, हमका पक्का प्रबन्ध चही...पुनिया हमरी भाँति जाहिल-काहिल न रही, आज हम चार अक्षर पढ़ी-लिखी होतिन तौ कोहू के आसरे चौका-बसन निबटावति पड़ी रही होतिन! हमार जिनगी कढ़ितल-घसिटत बीत गई। हमार भाग्य... मगर हम अपनी बिटिया क पढ़इबै, वहिका अपने बाप की नाईं डाकदरी पढ़ैक है...पुनिया डाकदर बनी! इहाँ सम्भव न होई तो हम वोहिका अपनी बहिनी के घर इलाहाबाद म राखि के पढ़इबै। हमार अलगा-अलगी कर दियो, लम्बरदार! हमरे हाथ चार पइसा होई तो हम पाई-पाई के मोहताज तो न होइबे कोहू के।"

"अलगा-अलगी?" लम्बरदार के नथुने क्रोध से फूल गए, "माऽऽऽ...चुप रहती है या नहीं...पियारे...बल्लुआ, कोई है दरवाजे?"

उनकी दहाड़ती आवाज जितनी तीव्रता से देहरी फलाँग दरवाजे की ओर सरपट भागी, उतना ही सरपट पियारे देहरी फलाँग, उनके निकट पत्ते-सा काँपता हुआ दौड़ा आया—"जी मालिक।"

"बाहर बँगले में हमारी भरी राइफल टँगी हुई है। फौरन उतारकर ले आओ।"

"मालिक..." पियारे ने उनके पाँव पकड़ लिए।

"पियारे, जो मैं कह रहा हूँ वह करो!"

आँगन के बीचोंबीच बने तुलसी के चौरे में डोलते बिरवे ने भी सहमकर जैसे हवा के आलोड़न के संग डोलना बन्द कर दिया। आड़ में खड़ी कुटुम्ब की मेहरियों की भयाक्रान्त देह आँधी में तिनके-सी हो आई। बौरा गई है पछाँहवाली! लम्बरदार से खुल्लम-खुल्ला मुँहजोरी? भूत-प्रेत चढ़ बैठे हैं कुलच्छिन के या डाइन डकरा रही है करेजे में? आज तक आँगन में पछाँहवाली की बोली भी किसी ने सुनी तो गोड़-चढ़े झाँझ-सी रुनकती-झुनकती-सी! खौखियाई हुई शेरनी-सी यह गर्जन-तर्जन किसने सोची-सुनी?

अनिष्ट की परछाईं फन काढ़े सभी की छाती पर चढ़ बैठी। पियारे ने बल्लुआ के कान में फूँक, उसे सरपट भट्टे दौड़ाया, "बड़े दौव्वा को जस-का-तस लेकर आ। बता देना उन्हें, लम्बरदार क्रोध में हैं, खून-खराबे पर उतारू हैं...राइफल आँगन में मँगवाई है।"

बँगले की दीवार से राइफल उतारते हुए पियारे के हाथ परकटे पक्षी-से असहाय हो आए...मानो आज लड़िहा से पीठ पर लाद डहरियों में भर देनेवाला उसका तड़ शरीर अपाहिज हो रहा है। पछाँहवाली दुलहिन उसी से तो मेले-ठेले से बिन्दी-टिकुली मँगाती हैं। उनके घूँघट की बदली में छिपे मुख पर से आँचल सरकते ही कैसे उगते सूरज-सी टिकुली दपकारा मारती है कि उसकी निगाह अटकने-अटकने को हो आती है। खोटे भाग्य पाए हैं हतभागी ने। उसको समझ आने लगी थी तभी की तो घटना है...

गौना होकर आई थी पछाँहवाली। मास-भर भी नहीं पूरा हुआ था कि छोटे कुँवर अचानक एक रात अपने पलंग पर गायब हो गए। गौना-भर के लिए ही आए थे डागदरी की पढ़ाई पर से। खूब ढुँढ़वाए-दौड़ाए गए। चौदह बरस बीत गए, कोई सुराग नहीं मिला छोटे कुँवर का। आस गँठियाए पछाँहवाली का जीवन न सधवा में, न विधवा में। कुँवर जी के लोप होने के बाद सतमासी पैदा हुई थी पुनिया। तब बड़ी मालकिन जिया जीवित थीं। मरणासन्न पुनिया को अपने छोटे पूत का प्रतिरूप मान मेहनत-जतन से पाल लिया। जिया के स्वर्गवासी होते ही पछाँहवाली बिन गइया की बछड़ी-सी अनाथ हो आईं। पचासों विवाद झेले पछाँहवाली ने। नैहर से पेट लाई थीं। सहन नहीं कर पाए कुँवर जी कि भट्टेवाली जमीन की बेईमानी की दुश्मनी लील गई उन्हें, जितने मुँह उतने बोल। कोई कहता है कि वे ब्याह-शादी के झंझट में पड़ना नहीं चाहते थे सो साधु होकर घर त्याग गए।

लम्बरदार की ओर भरी राइफल बढ़ा तो दी पियारे ने, मगर दूसरे ही पल उनके पाँवों में लोट गया चिरौरी करता—"छिमा कर दो, मालिक...छिमा कर दो!"

"हट पियारे, हट जा!" लम्बरदार ने उसे पाँव से ठोकर मारी। पियारे वहाँ से लुढ़ककर आँगन में आ गिरा।

"बाहर निकलो, पछाँहवाली!" राइफल सीधी करते हुए लम्बरदार दहाड़े।

यह क्या, सभी स्तब्ध रह गए। यह क्या, क्षमा माँगने के बजाय पछाँहवाली

छन्न से खम्भे की ओट से निकलकर आँगन की ओर दौड़ीं। सिर का पल्ला उड़कर पीठ पर लटक आया। रणचण्डी-सी चुनौती देता पछाँहवाली का रौद्र रूप देख दिद्दा और लम्बरदारिन निकलकर उन्हें पकड़ने दौड़ीं। पुनिया चीखती हुई माँ से जा लिपटी। दिद्दा की सूखी हड्डियों में न जाने कहाँ से शक्ति आ समाई कि वे पछाँहवाली को तुलसी के चौरे तक घसीट लाईं, "अरी डायन, कुतिया! नंगिन...बौरा गई है का? चल, आ चल कोठरिया में। लाज-शरम छाँड़ि बिटिया-बहुरिया इह भाँति नंगा नाच नचती भली लगती हैं कहीं कै?"

"हट जाओ दिद्दा! अलगा-अलगी चाहि न इस बहन को! अभी दिए दे रहा हूँ अलगा-अलगी।"

बड़े दौव्वा भट्ठे पर से पहुँच गए तभी। पीछे से लम्बरदार को धर लिया उन्होंने। पितिआउत भाई नरेन्द्र ने साहस कर राइफल छीन ली उनके हाथों से। डपटा बड़े दौव्वा ने, "घर के बड़े को यह नादानी सोहती है लम्बरदार? बाँबी में हाथ डाल रहे हो? चलो बाहर। मतिभ्रष्ट मेहरियन को मुँह लगाना शोभा देता है कहीं?"

नरेन्द्र और बड़े दौव्वा लम्बरदार को बलात् बाहर धकेल ले गए।

दिद्दा और लम्बरदारिन पछाँहवाली का नंगा सिर पल्ले से ढँकती हुईं, उन्हें घसीटती उनकी कोठरिया में लाकर खटोले पर धकेल गईं। खटोले पर गिरते ही पछाँहवाली अचेत हो उठीं।

रात-भर लम्बरदार अपने निवाड़ के पलंग पर बेचैनी से करवटें भरते रहे। अलगा-अलगी के खयाल ने सिर उठाया है तो इतनी आसानी से बात नहीं दब पाएगी। बात निकली है तो कल देहरी लाँघ दुआरे, दुआरे से पंचायत, पंचायत से कोर्ट-कचहरी तक भी पहुँच सकती है। अलगा-अलगी का मतलब है पूरे अट्ठारह बीघे के चक से हाथ धोना। अट्ठारह बीघा उनके हाथ से निकल गया तो आखिर क्या और कितना बचेगा उनके पास? चार बेटे हैं उनके और दो बेटियाँ। मात्र एक बेटी की जिम्मेदारी से मुक्त हुए हैं लम्बरदार। कितना बोझा है उनके कन्धों पर। किसी तरह ढीले पड़ गए तो उनके कुनबे का सर्वनाश हुआ ही समझो। अभी अनपढ़ पुनिया दस-बारह हजार में पार लग जाएगी। जिस देहरी डँका देंगे, डाँक जाएगा

बिना किसी हील-हुज्जत के। पढ़ा-लिखा देंगे तो निपटा पायेंगे उसकी शादी-ब्याह इतनी रकम में...

मुँहअँधेरे कहीं आकर आँख लग पाई थी लम्बरदार की, मगर तभी घबराए हुए सतीशवा ने आकर उन्हें झकझोर जगा दिया—"बप्पा! अम्मा कहि रही हैं कि वे अऊर चाची नाले पार के अरहीं के खेतन म टट्टी फिरे गई रहीं, खेत में से चाची को अचानक लकड़बग्घा उठा ले गया...उठो बप्पा! उठो..."

घर के भीतर से उठे मेहरियों के करुण रुदन ने पूरे गाँव में डुग्गी पीट दी कि पछाँहवाली को तड़के नाले पारवाले अरहीं के खेत से अचानक लकड़बग्घा उठा ले गया। अधजगा गाँव आँखें मलता हुआ लम्बरदार के दरवाजे इकट्ठा होने लगा।

पियारे घुटनों में मुँह दिए सिसकी दबा रहा है अपनी। सोच रहा है—नागराज की पूँछ पर कब पाँव पड़ गया पछाँहवाली का?

(1990)

बेईमान

दोनों बाँहों में पत्रिकाओं का ढेर कोरियाये हुए उसने दाहिने कन्धे के दबाव से ठंडी गाड़ी के डिब्बे का दरवाजा आहिस्ता से ठेला और सावधानीपूर्वक तिरछे होकर डिब्बे के भीतर दाखिल हो गया। बैसाख की उमस से पसीजी हुई देह को अचानक महकती शीतलता का झोंका सावनी फुहार-सा आह्लादित कर गया। दरवाजे से हटकर उसने एक सीट से पीठ टिकाकर देह ढीली छोड़ दी। डिब्बे में गूँजती सितार की मन्द ध्वनि उसके रोम-रोम में थिरकने लगी। एकाएक गाँव के कनकटा काछी की बंसरी कानों में कूक उठी! दादा रे दादा! यह गाड़ी का डिब्बा है या सुरगलोक!

अभी इक्का-दुक्का सीटें ही भरी थीं।

सवारियाँ आ रही थीं—बेआवाज! चौकन्नी! झुक-झुककर आगे बढ़ती हुई उनकी निगाह सीटों की पीठ पर अपनी सीट का नम्बर टटोलती और बैठने से पूर्व सीट के ऊपर तनिक उचककर सामान सहेज, बिना किसी की ओर देखे-बोले—अपने स्थान पर दुबक जाती।

अन्य गाड़ियों की अपेक्षा इस ठंडी गाड़ी के यात्री उसे किसी दूसरे लोक के ही मनुष्य प्रतीत होते! शान्त, सौम्य, साफ-सुथरे। बोलते हैं तो सिर्फ ओठ हिलते हैं। फुस-फुस होती है। आवाज नहीं निकलती।

उसे सबसे अधिक अच्छा लगता है ठंडी गाड़ी में पत्रिकाएँ बेचना। सुबह से ही उसे ठंडी गाड़ी की प्रतीक्षा होती है। उचटे चित्त वह दूसरी गाड़ियों में डिब्बे-दर-डिब्बे डोलता-फिरता नाक चढ़ाए, मन-ही-मन घिनाता-कुढ़ता रहता है कि सरकार सारी ही गाड़ियों को ठंडी गाड़ी में क्यों नहीं तब्दील कर देती? गाड़ियों के बदलते ही शर्तिया

सवारियों के चेहरे बदल जाएँगे, फिर उसे सूखे, भुतहे चेहरों के बीच डोल-डोलकर पत्रिकाएँ बेचने की विवशता से मुक्ति मिल जाएगी। सूखे चेहरे पत्रिकाएँ देखते अधिक हैं, खरीदते कम। उन्हें उसकी परेशानी से क्या लेना-देना कि उनकी पसन्द की पत्रिकाएँ ढेर में से खींचते-सरियाते उसके जोड़-जोड़ अलग होने को हो आते हैं!

चिरकुट गाड़ी, चिरकुट सवारी...

लोग तेजी से आने शुरू हो गए हैं लेकिन अभी डिब्बे में फेरी डालना उसे मुनासिब नहीं लग रहा। अपनी सीट पर इत्मीनान से बैठ जाने के बाद ही लोगों को लम्बी यात्रा की ऊबन का आभास होता है; तभी वे समय काटने के लिए उसकी ओर आकर्षित होते हैं। अभी डोलेगा तो एकाध से कन्धा, कोहनी टकराएँगी और उनकी अंगार हुई भृकुटियों की झिड़की झेलनी होगी। हाथ अभी से चूर हो रहे हैं, पीठ-पीछे वाली दोनों सीटें अभी तक खाली हैं। कुछ देर के लिए ही सही, वह पत्रिकाओं के ढेर को उन पर टिका सकता है। उसने मुड़कर धीरे-से पत्रिकाओं का ढेर अगली सीट पर सरका दिया, और अपनी झुनझुना रही कोहनियों को हल्के झटके देकर झुनझुनी उतारने लगा! बस्स, दो-चार मिनट में ही उसे फेरी लगानी होगी। उसकी बाज-सी नजरें आने वाली सवारियों के सामान को टोह रही हैं। इक्का-दुक्का के पास ही अखबार हैं। एकाध सीटों के पीछे भी रखे हुए दिख रहे हैं, मगर बासी अखबार लम्बी यात्रा की ऊबन नहीं ढो पाते। घंटे-खाँड़ का रास्ता थोड़े ही है, रुकती भी तो छह-सात घंटे भागने के बाद ही है!

गाँव में उसके मदरसे के साथी मनसुखवा ने एक चमत्कारी किस्सा सुनाया था उसे कि उसके बप्पा दिल्ली से आए हैं और खबर लाए हैं कि एक ऐसी अजूबा ठंडी गाड़ी चली है, 'राजधानी'...धो क्या नाम है उसका, प्लेटफार्म पर, भैया, जब वह धड़धड़ाती निकलती है, लोग-बाग खम्भा धरि लेते हैं। खम्भा न धरि लें, भैया, तौ तड़ से उड़ि कै पटरिन पर जा गिरै। फंकाई लगी थी तब मनसुखवा की बात!

"येऽऽऽ! 'स्टारडस्ट' है नया? अप्रैल का?" सामने की सीटवाले यात्री ने जैसे उसे चुटकी भरी।

'स्टारऽऽऽ? हाँ आँ, है न बाऊ जी! है, है।"

वह उमंग से भरा सीट पर रखी पत्रिकाओं के ढेर पर झुका ही था कि तभी पीठ-पीछे एक मुलायम दृढ़ स्त्री-स्वर ने 'यही है इकहत्तर, बहत्तर', कहकर उसे

आगाह कर दिया कि उन सीटों की सवारियाँ आ चुकी हैं, और उसे तत्काल पत्रिकाओं के ढेर को अपनी गोद में उठा लेना चाहिए।

उसने उन्हीं बाऊ जी की कुर्सी के हत्थे से घुटना उचकाकर अड़ाया और कोहनी के बोझ को घुटने पर टिकाकर 'स्टारडस्ट' की प्रति ढेरी में खोजने लगा। अभ्यस्त हाथों को प्रति खोजने में समय नहीं लगा। अंग्रेजी 'बट'...'पुट' से ज्यादा उसे आती नहीं, पत्रिकाओं पर छपी तस्वीरें ही उसके लिए लिपि हैं। राजीव गांधी की तसवीर वाली है 'नई इंडिया टुडे'! किमी काटकर और शत्रुघ्न सिन्हा की गलबहियाँ डाले वाली है 'फिल्मी कलियाँ'! बिकनी पहने खड़ी हुई डिम्पल की तसवीर वाली है 'स्टारडस्ट'! मिल गई ससुरी! ये रही स्टारडस्ट!

"लीजिए बाऊ जी!" उसने किला फतहवाली विजयी मुस्कान के साथ पत्रिका उनकी ओर बढ़ाई।

घुटने से गट्ठर को वापस बाईं कोहनी में सरकाते हुए उसने तौलती दृष्टि से बाऊ जी की ओर देखा। बाऊ जी की आँखें मुखपृष्ठ पर तिरछी तनी खड़ी डिम्पल कपाड़िया के गदराए हुए उरोजों पर अटक गई हैं। बिकेगी। पक्की बिकेगी। बाऊ जी को ही क्या, उसे भी अच्छे लग रहे हैं...अम्मा के दूध ऐसे भरे-भरे क्यों नहीं थे! पाटी-बस्ता लेकर मदरसे में बैठने लायक हो गया तब तक उसकी दूध पीने की लत नहीं छूटी थी। भरी दोपहरी में खटोले पर पड़ी ऊँघ रही अम्मा के ऊँचे खिंचे पोलके में से दाएँ-बाएँ लटकी पड़ी उनकी सूखी छातियों को चुकरने से बाज न आता। कल्लाहट से सिसियाकर अम्मा बगल में धरा बेना उठाकर हुमक देती उसकी पीठ पर—"नासकटौनू! खा डरिहै का हमका! हटो..."

बाबू भाई से विनती करेगा कि एक 'स्टारडस्ट' उसे भी चाहिए। एक प्रति बचा लें। चाहे तो दाम उसके हिसाब से काट लें...

"पचास का छुट्टा है?"

"न, न, बाऊ जी..." उसका चेहरा दयनीय हो आया।

"ठीक है, कुछ और बेच-बाच लो तो आकर पैसे ले जाओ मुझसे।"

"ठीक, बाऊ जी..."

गट्ठर उचकाए हुए वह पत्रिकाओं के नाम पर होठों को कनपटियों तक खींचते हुए रिरियाए-से सुर में उच्चारता, सीट पकड़ने को आतुर यात्रियों के लिए आड़े-तिरछे

सिमटकर निकलने की जगह बनाता, डिब्बे में तत्परता से फेरी लेने लगा। अगले डिब्बों में भी फेरी लेनी है उसे। दो से अधिक डिब्बे एक साथ निपटाना उसके बूते का नहीं। एक तो उसकी चार-फुटी कृश काया! ऊपर से दस किलो के लगभग पत्रिकाओं का बोझ लादे हुए उसके सुन्न पड़ते बाजू फेरी पूरी होते न होते कन्धों से अलग होने लगते। सुतली से बँधी खाकी मैली निकर चार कदम चलते ही कमर पर टिकने से आँखें दिखाने लगती। कई दिनों से सोच रहा है और बचत की पूरी कोशिश कर रहा है कि बाबू भाई के पास कुछ रुपये जमा हो जाएँ तो सबसे पहले वह अपने लिए नई निकर खरीदेगा। बक्कलवाली निकर! फिर चाहे जितना भारी बोझा हो रंगबिरंगी पत्रिकाओं का, मजाल निकर कमर से खिसक ले!

बोहनी अच्छी की डिम्पल कपाड़िया ने! 'मुटापा कैसे कम करें' विषय पर केन्द्रित 'गृहशोभा' की सात-आठ प्रतियाँ दनादन बिक गईं दोनों डिब्बों में। अगरबत्ती-सी सुगन्धित मुटकियों ने संकोच छोड़कर खरीदा! पुरुष सवारियाँ अलबत्ता उसे अच्छी नहीं लगतीं। एक तो वे अंग्रेजी पत्रिकाएँ ही माँगती हैं उससे, तिस पर समाचार-पत्रिकाएँ विशेष रूप से। अजीब-अजीब-से नाम लेकर। वे नाम अब तक उसे याद नहीं हो पाए। माँग होने पर थोड़ी देर सोचना पड़ता है उसे। 'यह भी देना', 'वह भी देना' सुनते, ढेर में से पत्रिकाएँ रखते-निकालते हाथों पर चींटियाँ रेंगने लगीं। ठंडी गाड़ी में होने के बावजूद देह पसीने से तर हो उठी।

निकर का खीसा रेजगारी के वजन से पींगें ले रहा है। बाबू भाई खुश हो जाएँगे आज की बम्पर बिक्री से। टिकट बाबू को दरवाजा ठेल भीतर दाखिल होता देख मन अचानक धुकपुका उठा। अभी तो दूसरे डिब्बे में कई एक सवारियों से कीमत वसूलनी है उसे। टिकट बाबू के डिब्बे में दाखिल होने का अर्थ है कि गाड़ी छूटने में अब अधिक देर नहीं। ठंडी गाड़ी का विचित्र रिवाज है—गाड़ी छूटने के ठीक पाँच मिनट पहले गाड़ी का दरवाजा बन्द कर दिया जाता है। बस्स। इसी से भगदड़ मचती है। देरी से पहुँचने वाली सवारियों को भीतर दाखिल होने की उतावली हो रही होती है, विदा करने आए भीतरवालों को बाहर निकलने की।

दूसरे डिब्बे में पाँव देते ही समय की कमी से आशंकित मन लोगों के चेहरे ही बिसर रहा है! वह एकदम भूल रहा है कि उसने किस-किस को पत्रिका बेची

है और उनमें से कितनों से उसे पैसे लेने शेष हैं। याद आया—एक तो एकदम आखिरी वाली सीटों में से किसी ने उससे राजीव गांधी वाली पत्रिका ली थी। उन पर भी पैसे नहीं थे टूटे। वह तेजी से डिब्बे के उस सिरे की ओर लपका। उन चश्मेवाले बाऊ जी ने उसे देखते ही पहलेवाला ही बीस का नोट निकालकर उसकी ओर बढ़ा दिया। उसने फटाफट निकर की जेब से रुपये निकालकर उन्हें लौटाए। किसी और पर भी पैसे बकाया हैं...याद नहीं आ रहा है! दिमाग में हथौड़े-से बज रहे हैं! उसने घबराकर 'पैसे, पैसे...बाऊ जी, पैसे?' कहकर मगन सवारियों का ध्यान अपनी ओर आकृष्ट करना चाहा। जिसे देने होंगे वह स्वयं ही उसकी आवाज सुनकर चेतेगा। वह चियाए बैठे हैं। कोई नहीं बोल रहा। कोई नहीं चेत रहा, जैसे किसी को उसे कुछ देना ही न हो। हो सकता है, न भी देना हो...उसे यूँ ही लग रहा हो। किसी सवारी पर पत्रिका की कीमत बकाया है! बाएँ कन्धे से दरवाजा ठेलकर बाहर निकलने के पूर्व अचानक दिमाग में बालों पर चश्मा चढ़ाए हुए एक बीबी जी का चेहरा कौंधा! उन मेम सा'ब ने चार-पाँच पत्रिकाएँ इकट्ठी देखने के लिए ली थीं। उनमें से दो या तीन उन्होंने रख ली थीं। शायद दो—'गृहशोभा' और 'मनोरमा'। वह तेजी से सीटों की ओर बढ़ा।

हाँ, यही तो है! तब चश्मा चढ़ा रखा था बालों पर। धूप का। डिब्बे में धूप थोड़े ही है, सो उतारकर रख लिया होगा। गोद में कोई पत्रिका औंधी पड़ी हुई है उनके। 'मनोरमा' ही लगती है।

"मेम सा'ब पैसे?" संकोच छोड़कर उसने सीधा उन्हें सम्बोधित किया।

"पैसे! कैसे पैसे?"

"दो ठो पत्रिका....दुल्हिन वाली ये 'मनोरमा' अऊर..." उसने उनकी गोद में औंधी पड़ी हुई पत्रिका की ओर दृष्टि उचकाई।

मेम सा'ब की अंगारे हुई भृकुटियाँ ऐनक की जगह जा बैठीं, "यू शट अप... यह मेरी 'मनोरमा' है, घर से लाई हूँ मैं रास्ते में पढ़ने के लिए..."

उसका चेहरा डाँट खाकर पुँछी स्लेट हो आया। साहस बटोरकर उसने उन्हें दुबारा स्मरण कराने की कोशिश की, "इकट्ठी नहीं लिए आप तीन-चार पत्रिकाएँ..." इस बात से उन्हें जरूर याद आ जाएगा उसे यकीन था।

"किसी और को दी होंगी तूने, ईडियट...ये 'राजधानी' है कि छकड़ा? कैसे-

कैसे उचक्कों को घुसाकर बैठा लेते हैं गाड़ी में, जिन्हें सवारियों से बात करने तक की तमीज नहीं..." मेम सा'ब ने अपने बगल में बैठे प्रौढ़ सज्जन की ओर समर्थन की आस में देखा। सज्जन निरपेक्ष मुद्रा धारण किए केवल उन्हें तककर रह गए, जैसे कह रहे हों कि हम क्या बोलें! हम तो आए ही आपके बाद हैं। अचानक गाड़ी में हल्का-सा कम्पन्न हुआ। वह घबरा उठा। अब बहस से कोई लाभ नहीं। ठंडी गाड़ी है, छूटी तो तीर की भाँति सीधे कोटा पहुँचकर ही दम लेगी।

बाहर का दरवाजा खोलकर वह प्लेटफार्म पर पाँव देने को सतर्क हुआ ही था कि अचानक टिकट बाबू ने पत्रिकाओं के ढेर में से एक पत्रिका बड़ी कुशलता से उचक उसे चेतावनी पिलाई—"बाप की गाड़ी है बे!"

"प्लेटफार्म पर पाँव देते ही उसे अपनी देह पीछे को फिंकती हुई महसूस हुई।

बिना ग्राहक के बुक स्टाल पर खड़े हुए बाबू भाई उसे लस्त-पस्त देखकर तनिक चकित हुए। ठंडी गाड़ी में चढ़ते हुए भी छटंकी का चेहरा उत्फुल्ल रहता है, उतरते हुए भी—ठीक न्यौता खाकर लौटे तृप्त मानुस की भाँति। उनकी आँखें भंटे हो आईं—"छटंकिया! पलट क्यूँ आया तू बे? तीन नम्बर पर बम्बईवाली डीलक्स लग रही है, भूल गया?"

उसने सुनी-अनसुनी मुद्रा अपनाते हुए चैला हो रही कोहनियाँ यथाशक्ति उचकाकर, पत्रिकाओं के गट्ठर को भीतर आने-जाने के लिए इस्तेमाल होनेवाले दरवाजे से ऊपर को खुलते-बन्द होते पट्टे पर खिसका दिया और बाएँ हाथ से दाहिनी बाँह तेजी से रगड़ने लगा। चैले में प्राण ही नहीं फुँक रहे! कितनी बार विनती की है बाबू भाई से—एकमुश्त पत्रिकाएँ न लादा करें उस पर। लेकिन बाबू भाई चिकने घड़े-से झिड़क देते हैं उसे—"भरा-पूरा माल न दिखे तो ग्राहक ललचेगा? अबे, खाली कटोरा देख दानी के हाथ भी सुस्त पड़ जाते हैं!"

उसने कनखियों से देखा। विदा करने आई हुई भीड़ जेबकटी हताशा में डूबी मन्थर गति से पलट रही है।

"एक चाय पी आऊँ?" उसका चेहरा खाली कटोरा हो आया।

"चौप्पऽऽ! दिमाग खराब हुआ है तेरा...धन्धे के टेम सनक रहा है? ला हिसाब

दे? कितनी कॉपी ले गया था कुल...और पहुँच तीन नम्बर पर!"

"साठ और दुइऽऽऽ बासठ।"

"बासठ कि पैंसठ?"

वह दुविधा में पड़ गया। बाँह रगड़नी उसने छोड़ दी—"हाँअऽऽऽ तीन आप चलने के समय दिए थे, वो तोप के मुँहवाली..." (ऑन लुकर)।

"सटाक् से लील जाता है हेहँ? बोल कितनी गईं, कौन-कौन-सी गईं?" फिर उतावले बाबू भाई मुड़कर स्वयं गट्ठर गिनने में जुट गए। आधे पर भी नहीं पहुँचे होंगे कि तभी फुर्ती से आई एक स्कूली छात्रा-सी लगती किशोरी ने कुमार कश्यप के नए उपन्यास 'दुल्हन के सपने' की माँग रख दी। बाबू भाई के माथे की सलवटें अन्तर्धान हो गईं—"अभी लीजिए, बेबी! धड़ाधड़ बिक रहा है 'दुल्हन के सपने'...बस्स, ये आखिरी कॉपी बची है आपके लिए।" उन्होंने खीसें बगारते हुए साफ झूठ बोला, और 'दुल्हन के सपने' नीचे रखे ढेर में से तत्परता से निकालकर किशोरी की ओर बढ़ा दिया। लड़की नियमित खरीदार लगी। मुट्ठी में दबाए बारह रुपये करीने से लगी पत्रिकाओं में से एक के मुखपृष्ठ पर छोड़ वह तेजी से उपन्यास लेकर मुड़ ली। प्लेटफार्म पर गाड़ी की प्रतीक्षा कर रहे किसी परिवार से आँख बचाकर आई हुई लगती है—बाबू भाई ने उसका इतिहास अनुमान लगाया। बुक स्टाल पर सुबह आठ से रात के दस-ग्यारह तक खड़े-खड़े बाबू भाई की गिद्ध दृष्टि यात्रियों की जेब से लेकर उनकी औकात तौल लेने में माहिर हो चुकी है। पत्रिकाओं के गट्ठर की ओर वह मुड़े तो छटंकी को उन्होंने पत्रिकाएँ गिनते हुए पाया। पंजों पर उचका हुआ वह पत्रिकाओं के शीर्ष पर पहुँचने की यथासम्भव कोशिश कर रहा था। किन्तु उस ऊँचाई तक उसे पहुँचाने में पंजे असमर्थ सिद्ध हो रहे थे। गिनती भी गड़बड़ा रही थी। बाबू भाई ने उसे परे झटका और उँगलियाँ थूक से गीली कर नोटों की गड्डी गिनने की तर्ज पर पत्रिकाएँ सर्र-सर्र गिनने लगे। गिनना खत्म होते ही हुंकारी-सी भरी उन्होंने—"अड़तालीस हैं बची..." मतलब, कुल सत्रह बिकीं, बस, सत्रह! तू तो बड़ा लपककर ठंडी गाड़ी में घुसता है बातें बघारता हुआ—पढ़ी-लिखी सवारियाँ होती हैं इस गाड़ी में और पढ़े-लिखे बाबू ही टेंटें ढीली करते हैं...घंटे-भर सत्यानाश करके कुल सत्रह बेचीं तूने..."

"ला पैसे निकाल, भुच्च जैसा खड़ा क्या तक रहा है...तीन नम्बर वाली गाड़ी की फिकर है तुझे?" बाबू भाई उसके अकबकायेपन पर क्रुद्ध हो तर्राये।

वह निकर के खीसे से रुपये और रेजगारी निकालकर अखबारों पर रखने लगा।

बाबू भाई ने हिसाब-किताब करने के लिए पेंसिल और पैड निकाल लिया।

"इंडिया टुडे कितनी?"

सवाल सुनकर उसकी धड़कनें तेज हो गईं। कनपटियाँ गरमाने लगीं। हिम्मत नहीं हो रही बताने की कि उतरते-उतरते टिकट बाबू ने कैसी फुर्ती से गट्ठर के ऊपर रखी राजीव गांधी वाली पत्रिका धाँप ली! बोलना तो पड़ेगा ही। हिसाब होना है।

"तीन...तीन में से एक..." उसने बोलने का साहस जुटाया लेकिन बात मुँह में घुमड़कर रह गई।

"एक? क्या एक?"

"उतरते समय टिकट बाबू ने एक उठा ली!"

"और तूने उठा लेने दी?"

वह आँखें नीची किए अँगूठे से प्लेटफार्म की फर्श कुरेदने लगा। पता नहीं क्या होगा अब! तीन-चार दफे वह पिट चुका है इसी खातिर। मगर वह क्या करे?

"चिरौरी नहीं की, मैं मालिक नहीं, नौकर हूँ, कहाँ से डाँड़ भरूँगा...अबे वाजिदअली शाह की औलाद! डिब्बे-डिब्बे टिकट बाबू मिलेंगे तुझे और तू उन सबको मुफ्त पत्रिका बाँटता फिरेगा? खैरात बाँटने निकलता है कि..." हाथ का पंजा तान क्रोधित बाबू भाई एक भद्दी-सी गाली पिच्च से उसके चेहरे पर थूक, खून पीकर रह गए।

"इस बार तेरे हिसाब में कटेंगे, आगे बोल!"

उसका रुआँसा स्वर कुएँ में से आता प्रतीत हुआ, "डिम्पल कपाड़िया छह, नहीं सात...नहीं छह..."

"गृहशोभा?"

"सात।"

"चित्रलेखा?"

उसने इनकार में मुंडी हिला दी।

"मनोरमा?"

कुछ नहीं सूझा कि क्या जवाब दे। बालों पर धूप का चश्मा चढ़ाए हुए मेम सा'ब याद हो आईं।

"फिल्मी कलियाँ?"

"एक...नहीं, वापस हो गई थी।"

"तो तीन 'इंडिया टुडे' और एक 'मनोरमा' मिलाकर कुल गईं सत्रह और तू हिसाब दे रहा है तेरह का?" बाबू भाई ने पत्रिकाएँ, सतर्कतापूर्वक दुबारा गिनीं। हिसाब पकड़ में आ गया उनके। कितनी कौन-सी दी थी—इसे ध्यान न रखें तो समझ लो सब बँटाधार! यह पिद्दी-सा छटंकी भी उन्हें चूना लगाने से न चूके। हिसाब लगा लिया उन्होंने। कुल हुए एक सौ सत्तावन!

"कितने हैं तेरे पास? कारोबार चलाना कोई हँसी-ठट्ठा है?"

उसका स्वर काँपा, "एक सौ...अऊर चालीस अऊर तीन..."

"क्या?" बाबू भाई की त्यौरियाँ फिर चढ़ बैठीं—"ठीक से देख अपनी दोनों जेबें?"

उसने निकर के खीसों में दुबारा हाथ डालकर उन्हें खँगाला।

"गिर गए?" बाबू भाई ऊबे हुए-से गरजे।

उसकी आँखें पनियाने लगीं। बालों पर ऐनक चढ़ाए वही मेम सा'ब और टिकट बाबू फिर स्मरण हो आए।

" 'इंडिया टुडे' और 'मनोरमा' का दाम हुआ चौदह..." बाबू भाई हिसाब जोड़ने लगे। फिर उसकी ओर मुड़े। आज उसका पत्ता साफ! अबकी नहीं माफ करेंगे उसे बाबू भाई।

"पिछले तेरे बत्तीस रुपये जमा हैं हिसाब में...नुकसान चौदह काट के बचे अट्ठारह...आज की बिक्री पन्द्रह...पन्द्रह के तेरे कमीशन के हुए तीन रुपये, तो हुए इक्कीस! ले पकड़ अपने इक्कीस और दफा हो सामने से। सदाव्रत खोल रखा है मैंने! हेंअ? भिखमंगे पर दया करके ऐसी ही लात लगेगी...एक के पीछे रुपिया-डेढ़ रुपिया मुश्किल से कमीशन मिलता है, बीस पैसे तुझे दूँ कॉपी पीछे... क्या कमाऊँगा?"

उसके आँसू टप-टप बहने लगे।

"तू भोला नहीं है, छँटा हुआ है, नम्बरी! चाट-चूट आया होगा रुपिये...

एकाध बार तेरे टिसुओं पर पसीज क्या गया कि तू चराने लगा जब तब?"

वह हिचकी भर गिड़गिड़ाया, "एकाध वसूली रह गई...गाड़ी छूटने को थी, छुट्टे नहीं होते पास, सो छोड़ने पड़ते हैं पैसे उन पर...कुछ छुट्टे संग हों न तो फिर ऐसी भूल आगे नहीं होगी..."

"ऐसी भूल आगे नहीं होगी...क्या विश्वास तेरा कि तू पत्रिकाओं और पैसे समेत चम्पत न हो जाए किसी दिन? हेंय? मेरे ही मुँह पर हाथ फेर रहा है छटाँक-भर का तू? भूल गया, तीन दिन का उपासा पड़ा सुखा रहा था यहीं प्लेटफार्म पर? पेट में अन्न पड़ते ही नीयत गिरगिट हो गई ना...भाग, नहीं तो गिनकर पचास दूँगा..."

पट्टे के नीचे से घुसकर उसने पाँव पकड़ लिए बाबू भाई के—"एक मौका अऊर दो...एक!"

बाबू भाई की टाँगें जैसे अंगार छू गईं। निर्ममता से उसे परे धकेल वे आपा छोड़कर इतनी जोर से चीखे कि सामने से गुजर रहे फलों की रेहड़ीवाले गुप्ता रुककर उनकी ओर कौतूहल से देखने लगे।

उसने फुर्ती से उठकर पुन: बाबू भाई के पाँव धर लिए। इतने बड़े भरे-पूरे प्लेटफार्म पर बाबू भाई ने ही पसीजकर उसे पहला चाय का प्याला पिलाया था। अपने बुक स्टॉल के नीचे सो रहने की अनुमति दी थी। पुलिसवालों को समझा दिया था कि वे उसे दिक्क न करें। उनका परिचित है। उन्हीं के पास घर से भागकर आया है।

"भैया, मोर भैया! एक मौका अऊर दे दो! अबकी जो गलती हुई...न छिमा करना!" वह उनके पाँव छोड़ने को राजी नहीं हुआ। जाएगा भी कहाँ! न गाँव में ठौर-ठिकाना, न इस शहर में। अम्मा की आँख मुँदते ही मामी आमीशंकरपुर लिवा ले गई थीं, मगर पूरा दिन ढोर-डंगर की सानी-पानी करने के बाद भी भरपेट पनेथी नहीं जुहाती थी उसके लिए...।

बाबू भाई के भन्नाये दिमाग में नफे-नुकसान की काँटेबाजी चलने लगी। नुकसान में फिर भी कौन हैं वे? उन्हें क्या! उनको उनका कमीशन मिलता रहे, पत्रिका बिककर मिले या लौंडे के हिसाब से कटकर मिले, बात एक ही है। फिर बीस-पच्चीस रुपये रोज से नीचे कोई दिहाड़ी करने को मिलता भी नहीं! 20 पैसे कमीशन पर छोकरे राजी कहाँ होते हैं काम के लिए?

"उट्ठ!" उन्होंने छटंकी को अपना पाँव छोड़ने का संकेत किया और बगल

में धरी पत्रिकाओं के ढेर में, सात 'गृहशोभा', चार 'इंडिया टुडे', छह 'स्टारडस्ट' और एक 'मनोरमा' मिलाते हुए गट्ठर उसकी ओर दुबारा सरका दिया—"अबे, घोंघे-सा क्या तक रहा है! देख नहीं रहा? पाँच बजने को हैं? लपक तीन नम्बर पर, बम्बई जाने वाली डीलक्स छूट न जाए कहीं..दौड़ सरपट!"

उसने कृतज्ञ दृष्टि से बाबू भाई की ओर देखा और फिर फुर्ती से पत्रिकाओं का गट्ठर गोद में कौरिया, प्लेटफार्म से कूदकर, लाइनें क्रास करके तीन नम्बर प्लेटफार्म पर चढ़ने लगा।

कितनी ठसम्-ठस्स है प्लेटफार्म पर—तकिया के मेले-सी! पल-भर की भी असावधानी का मतलब होगा, पत्रिकाएँ भरभराकर सवारियों के तलुवों के नीचे! पत्रिकाओं के गट्ठर को उसने नवजात शिशु की भाँति सीने से चिपटा लिया। अब ठीक है। उसे चाहे जो हो जाए, पत्रिकाओं को कुछ नहीं होना चाहिए। नहीं तो उसकी नई बक्कल वाली निकर फिर हिसाब में कट जाएगी! यह तो पक्का है, किसी सवारी के पास छुट्टा नहीं हुआ तो वह उसे पत्रिका नहीं बेचेगा। देखने को भी देगा तो डटकर सामने खड़ा रहेगा। पढ़े-लिखे लोग ऐसे होते हैं? अम्मा उसे ऐसा ही पढ़ा-लिखा बनाने का सपना देख रही थीं!

गाड़ी छूटने को है। बिक्री होने से रही। डिब्बे में धँसना सम्भव नहीं। पाखाने तक सामान का अम्बार लगाए बैठी हुई हैं सवारियाँ। बाहर से खिड़की-खिड़की घूमना ही उचित होगा।

"ए लड़के! 'फिल्मी कलियाँ' है?" किसी सवारी ने उसे आवाज लगाई। उस खिड़की पर से वो बाबू जी झाँक रहे हैं उसे पुकारते।

वह फुर्ती से लपका।

"है न, बाऊ जी!" किलककर उसने पत्रिकाओं का गट्ठर गाड़ी की दीवार से सटाया और 'फिल्मी कलियाँ' तत्परता से ढेर में से खींचकर खिड़की के सींखचों के अन्दर बढ़ा दी।

"कितने?" सरसरी तौर पर पत्रिका का जायजा लेते हुए बाबू जी ने पूछा।

"बस्स, सात रुपये, बाऊ जी!"

"छुट्टे हैं तुझ पे?"

उसका चेहरा असमंजस से घिर आया, "छुट्टे दे दीजिए न, बाऊ जी!"

"छुट्टे हैं नहीं, पचास का नोट है?"

"हों तो..."

"होते तो देता नहीं?"

सहसा उसके दिमाग में कुछ कौंधा। उसने लपककर बाऊ जी के हाथ से पचास का नोट ले लिया—"अभी दुकान से छुट्टा लेकर आया, बाऊ जी...बस्स तीन डिब्बे छोड़कर है बुक स्टाल, यूँ गया, यूँ आया..."

गट्ठर लिये उसके मुड़ते ही गाड़ी ने अचानक रेंगना शुरू कर दिया।

बाऊ जी सींखचों से चेहरा सटाए घबराए स्वर में चिल्लाए, "जल्दी ला, भैया!"

उसका दिल उसकी उभरी पसलियों को तोड़कर उछलकर बाहर आ जाने को है, आगे बढ़ते डिब्बों के संग हाथ हिलाती बढ़ रही भावुक भीड़ को चीरते हुए वह पीछे को बढ़ने लगा। रिजर्वेशन के चार्ट बोर्ड के निकट पहुँचकर वह चार्ट बोर्ड के पीछे दुबक गया। वहाँ खड़े हुए वह स्पष्ट देख रहा है कि 'फिल्मी कलियाँ' वाले यात्री बाऊ जी घबराए हुए-से दरवाजे पर आ गए हैं और लटके हुए-से पीछे छूट रही भीड़ में उसे उचक-उचककर खोज रहे हैं! गाड़ी प्लेटफार्म का आखिरी सिरा छोड़ रही है।

उसके मन में हिसाब-किताब चल रहा है। पचास में से बाबू भाई को सात देकर बचे...बचे तैंतालीस! तैंतालीस में से ठंडी गाड़ीवाले नुकसान हुए चौदह कट गए तो बचे उनतीस...

वह तेजी से पलटकर प्लेटफार्म की सीढ़ियाँ चढ़ने लगा। पता नहीं क्यों, पत्रिकाओं का गट्ठर एकाएक बक्कलवाली निकर में बदल गया।

(1991)

अभी भी

"**क्या** करूँ इसका?" तवे पर पराँठा उलटते-पलटते हुए रोष से भरकर उसने अनिल के बढ़े हुए हाथों पर हिकारत-भरी दृष्टि डाली।

"क्या करना होता है इसका?" अनिल की आवाज में चिढ़ स्पष्ट ही तीखी हो आई, "मेरे पास तुमसे मुँह लगने को समय नहीं है। सीधे-सीधे चेक पर दस्तखत कर दो।"

"भूल जाओ!" वह भी अप्रत्याशित रूप से दृढ़ हो आई, "ये पैसे मेरे हैं। इन पर मेरा अधिकार है...बहुत धर्मखाता हो गया! माँ-बेटे ने मिलकर जीना हराम कर रखा है। जोंक की तरह चूसते रहे तुम लोग अब तक!" क्रोध से उसने अनिल के बढ़े हाथ से चेकबुक छीनकर रसोई के प्लेटफार्म पर पटक दी, "बचा ही क्या है इसमें?" फिर चेकबुक उठाकर तमतमाई-सी सीधे अपने शयनकक्ष में ड्रेसिंग टेबल के समक्ष खड़े, बाल सँवारते सुरेश की बगल में जा खड़ी हुई, "इस तमाशे को मैं और बरदाश्त नहीं कर सकती।"

"कौन-सा तमाशा?" झुककर ड्रेसिंग टेबल पर कन्धा रखते हुए सुरेश उसकी ओर मुड़ा। 'चेकबुक' और शिल्पा के ठीक पीछे आ खड़े हुए अनिल पर दृष्टि पड़ते ही वह सारा माजरा भाँप गया। स्वर की क्षण-भर पहले की कोमलता लुप्त हो गई, "तुम समझती क्यों नहीं! अनिल को सख्त जरूरत है, दुकान की नीलामी के पैसे भरने हैं उसे। दस हजार वह दे चुका है, शेष न भरे तो वह दस हजार भी डूब जाएगा। तभी न पैसे चाहता है—कहीं से ब्याज पर रुपये उधार ले और घर पर पैसे पड़े हुए हों, यह तर्कसंगत है?"

"मगर जरूरत का कोई आदि-अन्त तो हो? जरूरत है तो कभी बाहर भी हाथ-पैर मारो, गिद्धदृष्टि मेरे ही पैसों पर लगी हुई है..." वितृष्णा से भरकर शिल्पा ने चेकबुक बिस्तर पर उछाल दी। मुड़ी और बड़बड़ाती हुई रसोई की ओर बढ़ गई!

जब भी किसी पर कोई जरूरत टूटती है, उससे जबरन पैसे निकलवा लेते हैं। उसी के पैसों से ननदों की सुख-सुविधाएँ जुटाई गईं। देवर अनिल के मकान की किस्तें भरी गईं। डीडीए की दुकानों की नीलामी में से अब वह अपने लिए दुकान खरीदना चाह रहा है। एकमुश्त अस्सी हजार की रकम की जरूरत है उसे। यह रकम आए कहाँ से? उसी के खाते से न! पाँच लाख की रकम टूटते-टूटते अब सवा-डेढ़ लाख बची है। चाहती है कि किशु की पढ़ाई के लिए पचास के लगभग फिक्स डिपॉजिट कर दे, ताकि वह निर्विघ्न पढ़ सके। इनका मोहताज होना पड़ा तो ये तत्काल उसे तम्बुओंवाले स्कूल में डाल देंगे। ए.पी.जे. में जब वह किशु को दाखिले का इंटरव्यू दिलाने ले गई थी, बीजी ने कितना बावेला खड़ा किया था—बड़े स्कूल से क्या होता है भला! पढ़नेवाले टाट-पट्टी के स्कूल में भी पढ़कर एक-से-एक बड़े पद पर पहुँचते हैं। उनके बच्चे कौन-से अंग्रेजी स्कूल में पढ़े थे, पर मुकेश पायलट बना कि नहीं! उसके बेटे में बुद्धि होगी तो क्या तम्बुओंवाला, क्या अंग्रेजी स्कूल, अपने-आप कुछ-न-कुछ बनकर दिखा देगा।

सुरेश ने भी दबी जुबान से माँ का ही समर्थन किया था। यहाँ तक कि देवर अनिल ने ताना कसा था—"बाप की कमाई समझ के मत उड़ाओ, मेरे भाई की खून-पसीने की कमाई है, सोच-समझकर खर्च करो।" सुनकर वह बिलबिला उठी थी। लेकिन अपने निश्चय पर अडिग रही थी कि कुछ भी हो, वह इस मामले में कतई समझौता नहीं करेगी। किशु को बड़े स्कूल में ही पढ़ाएगी। रात उसने सुरेश से विरोध प्रकट किया था कि आखिर उसके मुँह में बोल है भी कि नहीं? ब्याहता ननदें, देवर, सास—सभी जने मिलकर जब-तब उसकी छीछालेदर करते रहते हैं और वह है कि गुटर-गूँ बना उदासीन-सा देखता रहता है। आखिर वह उसका पति है, और पति होने के नाते क्या पत्नी पर होते अत्याचार के प्रति उसका कोई कर्तव्य नहीं?

"अनिल से कौन भिड़े, बचपन से ही वह निहायत उद्दंड रहा है। बीजी, बावजूद इसके उसे सिर चढ़ाए रहती हैं, उसकी बीवी से कुछ बोलने की हिम्मत उनकी इसीलिए नहीं होती। मैं सब समझता हूँ, मगर बीजी के सामने मुँह खोलना..."

यह कैसा समझना है!

वह करवट भरके, सोते हुए नन्हे किशु को अंक में भींच, न जाने कब तक बहते आँसुओं से मन का गुबार धोती रही थी। तकिए पर जगह-जगह पोखर लबलबा आए थे।

"...इसे देख मेरा दिल दहलता है, भाई साहब! आज मैं हूँ तो सारा कुटुम्ब बरगद की छाँव-तले पक्षी-पखेरुओं-सा हिल-हिल सिमटा हुआ है। कल आँख मुँदते कौन किस राह लगे, किसे पता! जीवन न भरोसों से कटता है, न पैसों से...आदमी के बिना सब अकारथ...शिल्पी मेरी बहू नहीं, बेटी है, बेटी! उमर क्या है अभी उसकी, बेटे की शेष यही तो निशानी है, सोचती हूँ! बेटा गया तो गया...ईश्वर को यही मंजूर था...मगर यह बेटी...इसका जो कुछ उजड़ा है, फिर से बस जाए...आँसू नहीं देखे जाते इसके। यह जीवन से लहलहाएगी तो महसूस होगा—मेरा मुकेश मेरी आँखों के सामने फल-फूल रहा है...सब्र बाँधूँगी।"

बाबू जी की आँखों में विस्मय छलछला आया था—"क्या कह रही हैं, बहन जी?"

"ठीक कह रही हूँ, भाई साहब! बिरादरी की मुझे परवाह नहीं...बच्चों की खुशी मेरे लिए पहले है...सुरेश को मना लिया है मैंने। मान गया है वह अपने बड़े भाई की बेवा से ब्याह को, परिवार का हित इसी में है। समझता है सब..."

बाबू जी ने दबी जुबान से आपत्ति उठाई, "साल भी नहीं बीता है मुकेश को गुजरे..."

"कोख का दु:ख न साल बीते कम होगा, न उमर गुजरे। दूसरों का मुँह बन्द करने के लिए दुनिया में कोई सूई-तागा ईजाद नहीं हुआ...कोर्ट मैरिज ठीक रहेगी...मुकेश का जो भी रुपया-पैसा मिलेगा, सब शिल्पा के नाम जमा रहेगा।

बाबू जी की जुबान कृतज्ञता के बोझ से जड़ हो आई थी। यह सास नहीं है, असली माँ है शिल्पा की। पूर्वजन्म की। वे कौन होते हैं उसकी चिन्ता करनेवाले! साक्षात् दुर्गा ढाल बनी खड़ी हैं उसकी रक्षा को!

अन्तरंग क्षणों में सुरेश ने भी कहा था—"तुम्हारे पैसे तुम्हारे नाम ही रहेंगे। उनसे न मेरा ताल्लुक रहेगा, न परिवारवालों का।"

ब्याह के तुरन्त बाद वह मुकेश के साथ बम्बई चली गई थी। हफ्ते-डेढ़ हफ्ते जितना भी बीजी, देवर और ननदों के सम्पर्क में आई, सभी उसे आत्मीय

और खुशमिजाज लगे थे। बीजी अपने पायलट बेटे पर बलिहारी होती न थकतीं। घर की प्रत्येक देशी-विदेशी सुख-सुविधा की वस्तुओं के चुनाव हेतु मुकेश की प्रशंसा करते न अघातीं। लोगों को जानने की कोई उत्सुकता हो या न हो, वे उन वस्तुओं के प्रति आगन्तुक की दृष्टि का प्रशंसा-भाव ताड़कर बेटे के पायलट होने और वह चीज कहाँ से कैसे खरीदी गई, यहाँ के बाजारों में ऐसी जरूर बिक रही होगी, किन्तु वे असली के बजाय सिंगापुर और हांगकांग के अनुकरण मात्र हैं...आदि विवरण मिर्च-मसाले के साथ दर्प से आँखें चढ़ाकर बताने से न चूकतीं।

सुनकर वह भी अभिभूत हो उठती। यही महसूस हुआ, घर में सुरेश और अनिल भी हैं, मगर जैसा रुतबा पायलट बेटे मुकेश का है, न जीवन बीमा निगम में साधारण नौकरी करनेवाले मँझले सुरेश का है, न इसी वर्ष कॉलेज खत्म कर छोटे-मोटे व्यवसाय की योजना बना रहे छोटे भाई अनिल का। अनिल से तो पूरा घर तब भी आतंकित दिखाई देता था।

उसके ब्याह के ठीक छह महीने बाद अनिल अचानक एक शाम मीरा को घर ले आया था—ढिठाई से इस घोषणा के साथ कि वह उसकी ब्याहता है। उन्होंने मित्रों के साक्ष्य में कोर्ट मैरिज कर ली है। बस, दबी जुबान से बीजी ने इसे प्रतिष्ठा का प्रश्न बनाना चाहा था, किन्तु मुकेश ने उन्हें पत्र द्वारा यही सलाह दी थी कि जो हो गया, उसे स्वीकार कर लेने में ही समझदारी है। उन्हें धैर्य से काम लेना चाहिए।

उसके मन में यही धारणा पुष्ट हुई थी कि बीजी वास्तव में बड़ी जुझारू और धैर्यवान हैं, वरना नगरपालिका के स्कूल की मामूली अध्यापकी में वे पाँच बच्चों को बढ़िया परवरिश नहीं दे सकती थीं। एक चीज उसने तब भी महसूस की थी कि अपने बच्चे गलत करें या सही, उनका उसूल था कि वे सदैव उन्हें सही मानकर चलती थीं और उन्हें कभी नहीं डाँटतीं। उसे कई दफा यह एहसास हुआ कि उसे बीजी प्यार ही इसलिए करती हैं कि वह अपने बच्चों को अत्यधिक चाहती हैं लेकिन शनैः-शनैः निर्मित होती यह धारणा उस दुर्घटना के साथ निर्मूल सिद्ध हुई थी, जब नियति के क्रूर उपहास ने उसे मुकेश से सदैव के लिए जुदा कर, जीवन के उस चौराहे पर ला खड़ा कर दिया,

जहाँ से जीने के सारे रास्ते अवरुद्ध होते नजर आए। मुकेश के संग बीते वर्ष, किसी लम्बे मादक सपने की तरंग-से गुजर गए। सपना ही तो था। हफ्तों तक विश्वास से भरी उसकी आँखें बिछली हुई-सी अपने ही कोरों से कहीं बिला गए। उस सपने को चिहुँक-चिहुँककर तलाशती रही थीं...लोगों की आवाजें उसे झकझोरती रहीं कि उसका रोना बहुत जरूरी है, वरना घनी पीड़ा के दबाव से दिमाग की नसें फट जाएँगी। साहस उसकी छोटी बहन शिवा ने ही दिखाया था। शिवा ब्याह का अलबम उसकी आँखों के समक्ष उलटती-पलटती रही कि यह देखो, मुकेश जीजा जी घोड़ी पर चढ़ रहे हैं...यह देखो, सेहरा पढ़ा जा रहा है...देखो तुम दोनों मसूरी की वादियों में...यह देखो, यहाँ कैसे तुम्हें बाँहों में समेटे जीजा जी...और वह दरकी चट्टान-सी अरराती ढही थी कि उसके मर्मभेदी रुदन से लोगों के दिल दहल उठे।

महीने-भर बाद हिम्मत कर बाबू जी ने बीजी से प्रार्थना की थी कि शिल्पा को वह कुछ समय के लिए घर ले जाना चाहते हैं, छोटे भाई-बहनों की संग-संगत में दुःख से कुछ उबर सकेगी। उनकी तो राय है कि वह समय काटने के लिए कहीं कोई नौकरी कर ले। व्यस्तता ही आघात के घावों का मरहम साबित हो सकती है। मगर बीजी ने उसके नौकरी करने के प्रस्ताव का विरोध किया था। उलटा बाबू जी को अचरज में डालते हुए वे उसके और अपने मँझले बेटे सुरेश के ब्याह का प्रस्ताव रख बैठी थीं। उनका तर्क था—"नौकरी पति का विकल्प नहीं हो सकती, रोटी दे सकती है...रोटी की इसे क्या कमी? जाते-जाते भी मेरा बेटा इतना कुछ कर गया कि जीवन-भर भी यह हाथ-पाँव न हिलाए, तब भी बैठकर खा सकती है। सवाल जीवन जीने का है...धीरे-धीरे भाई-बहन अपने ठौर-ठिकाने लग जाएँगे, तब इसे अधिक अकेलापन महसूस होगा...सोच लें, भाई साहब..."

एक राजी नहीं हो रही थी तो शिल्पा स्वयं। उसके परिवार को तो अपनी सहनशीलता, दूरदर्शिता और उदारता के बड़प्पन से बीजी ने इतना मोहाविष्ट कर लिया था कि सुरेश से ब्याह के लिए हामी भर देने को उसके ऊपर चारों ओर से दबाव पड़ने लगा। बीजी की महानता की दुन्दुभी बजने लगी। निरुपाय उसे घुटने टेकने ही पड़े। नम आँखों से उसने स्वीकृति में चेहरे को हल्के से झुका लिया था। एक दिन कोर्ट मैरिज हो गई थी—सूखे सपने-सी! पलक

खुलने पर अविश्वास की परतों में लिपटी। स्मृति में हल्के-से दर्ज-भर, जिसे न दुबारा आँख मूँदकर दोहराया जा सकता है न मिटाया। दु:ख और अवसाद में डूबे उसके मन को इतनी मोहलत ही नहीं मिली कि वह अपने साथ हुए नियति के क्रूर मजाक से उबरकर वर्तमान और भविष्य की सोच पाती! सोच पाती कि उसके भी मन-मस्तिष्क है! इच्छा-अनिच्छा है! अपने प्रति अपना दायित्व है! निर्भरता सिवाय दासत्व के और कुछ नहीं देती! किन्तु तब वह आकस्मिक आघात से स्तब्ध, लोगों के इशारों की कठपुतली मात्र रह गई थी। चाय मिल जाती तो चाय पी लेती। इच्छा न होती तब भी जबरन निवाले मुँह में ठूँस लेती। न किसी को सुनना चाहती थी, न देखना, फिर भी वाक्यों के झुंड अपने मुखौटों के साथ जबरन उसके हितैषी बने इर्द-गिर्द बिछे रहते।

अपने को लेकर चेती तो स्वयं को एक ऐसे कठघरे में बन्दी पाया जो बड़ी चतुराई से उसे एक नए खूबसूरत घर और नई जिन्दगी की उम्मीद के रूप में दिया गया था। मगर उस कैद में जीवन जीने के नाम पर भी प्रतिपल चौकन्नी निगरानी और संकेतों पर हिलने-डुलने की स्वतन्त्रता। वह फोन पर उँगलियाँ रखती तो बीजी टुप्प से टोक बैठतीं, 'किसे कर रही है शिल्पा?' 'किसका फोन था?' 'मिसेज दूबे आजकल बड़े चक्कर लगा रहीं तेरे?' 'उनके घर से पत्रिकाएँ लाने की क्या जरूरत है, लाइब्रेरी से ले आया कर।' 'ऊपरवाली मीना के साथ तेरा उठना-बैठना ठीक नहीं।' उन्हें क्या, पूरे घर को यही लगता कि कहीं ऐसा न हो कि कोई उसे अपने ऊपर हो रहे शोषण के प्रति सचेत कर दे। सुबह से गई रात तक वह पति, देवर, ननदों की सेवा-टहल में खटती रहती है। कितनी चतुराई से मुकेश के मरणोपरान्त प्राप्त रकम को घर की अन्य जरूरतों के नाम पर उससे निकलवाया जा रहा है।

अब उस पर यह भी दबाव डाला जा रहा है कि बम्बई के उपनगर की सोसाइटी में मुकेश ने उसके नाम से जो घर आरक्षित करवाया था, वह बेच दे। बम्बई में ही ब्याही उसकी मँझली ननद इस कार्य हेतु अपनी मुफ्त की सेवाएँ देने को तत्पर है।

शिल्पा की जिद है, उसके पास है ही क्या? यह घर बीजी के नाम है। अनिल ने उसके पैसे ऐंठ-ऐंठकर अपने लिए डी.डी.ए. का फ्लैट खरीद लिया है। दुकान भी लेना चाह रहा है। उसी की खातिर वह उससे और पैसे चाहता है।

प्रतिवाद किससे करे? सुरेश उससे एकान्त में जो कुछ कबूलता है, बीजी और अनिल के सामने पड़ते ही मुँह सी लेता है। अगर हिम्मत बाँधकर कुछ कहने की कोशिश भी करता है तो बीजी और अनिल आगे बढ़कर फौरन दबा लेते हैं। यहाँ तक कि बीजी सुरेश के सामने उसकी छवि गिराने के लिए जब-तब ऊटपटाँग आरोप रचती रहती हैं। उसका हृदय खौलता रहता है। क्यों नहीं सुरेश माँ को डपट देता? पति है उसका। ब्याह किया है उसके साथ। उसका दायित्व नहीं उठाना था तो ब्याह के लिए राजी ही क्यों हुआ?

बस, एक ही रट सुरेश दोहराने लगता—"बीजी ने बड़ी तकलीफें उठाई हैं। हमें पालने के लिए जीवन-भर स्वयं मोटा खाया-पहना, किन्तु हमें..."

"इसका मतलब है वे दुर्व्यवहार करती रहें मेरे साथ और तुम..."

"यह दुर्व्यवहार नहीं, पारिवारिक अनुशासन है! घर के प्रत्येक सदस्य का हित-अहित उन्हें सोचना होता है...फिर तुम्हारे साथ उन्होंने जो किया है, कोई सास कर सकती है?"

"नहीं कर सकती—मानती हूँ लेकिन तुम्हें दिखाई नहीं देता कि अब उनका व्यवहार मेरे प्रति वह नहीं रहा जो पहले था, इसलिए कि तुम उनकी हर गलत बात के सामने सिर नवाये मेरा अपमान बर्दाश्त करते रहते हो! अलग घर ले लो...मुझसे अब बर्दाश्त नहीं होता...अब नहीं होती सबकी चाकरी मुझसे।"

उसे सुरेश बेहद कमजोर, लिजलिजा व्यक्ति लगा था। उसके इस तर्क का उसके पास कोई जवाब नहीं था—"अनिल भी तो तुम्हारा भाई है! उसकी मीना को कुछ कहकर देखें बीजी?"

"मीना को वे ब्याहकर लाई हैं? अधिकार जिस पर होता है, उसी से व्यक्ति अपेक्षा करता है।"

वह निरुत्तर हो जाती।

दूसरी सुबह अनिल ने पैसों के लिए उसे फिर घेरा।

वह किशु को स्कूल के लिए तैयार कर रही थी। अनिल हाथ में चेकबुक लिये उगाहने आए पठान की भाँति ठीक उसकी पीठ-पीछे आ खड़ा हुआ। उसके

सारे गहने और सम्पत्ति के कागजात मुकेश के मरणोपरान्त बीजी ने सार-सँभाल के बहाने बड़े प्यार से अपने पास हथिया लिए थे। उसे भी तब उनसे बड़ा शुभचिन्तक अपना कोई अन्य नहीं प्रतीत हुआ था..."एक जवान बेटे से हाथ धोकर कौन-सी माँ अपनी बहू के सुखमय भविष्य की खातिर अपना दूसरा बेटा उसके हवाले कर देगी?" बाबू जी ने उसके विश्वास को और पुख्ता किया था।

"मम्मी, चाचा आपसे बात करने आए हैं..." किशु ने अपनी तुतलाती आवाज में उसे सूचित किया। मगर वह पीछे नहीं मुड़ी। चेहरे पर अनसुना भाव ओढ़े यन्त्रवत् अपने काम में लगी रही। चेकबुक हाथ में लिए अनिल उसके कुछ बोलने की प्रतीक्षा करता रहा। अधिक देर तक वह उसकी उपेक्षा बर्दाश्त नहीं कर पाया।

"आज मुझे दुकान की नीलामी का पैसा भरना है, आखिरी तारीख है!" कल की आदेशात्मक गुर्राहट स्वर से गायब थी।

उसने कोई उत्तर नहीं दिया, किंशु का टाइमटेबल लगाने में व्यस्त हो गई।

"मुझे देर हो रही है! पैसों के लिए बैंक जाना होगा...वहाँ से साढ़े ग्यारह तक डीडीए के दफ्तर पहुँचना है।"

उसने इस बात का भी कोई जवाब नहीं दिया।

"तुम बहरी हो?"

"अन्धी भी हूँ...और कुत्तों के मुँह मैं नहीं लगती! अब इन पैसों में से कानी कौड़ी भी तुम्हें नहीं मिलेगी।"

"अपने बाप के घर से लाई थी! देगी कैसे नहीं कुतिया..." क्रोध से काँपते हुए अनिल ने उसे कन्धे से पकड़कर अपनी ओर खींचा और पूरी शक्ति से दीवार पर पटक दिया। फिर उठाया और फुटबाल की तरह घुटनों पर जोर-जोर से प्रहार करने लगा।

शिल्पा की दर्दनाक चीख कमरे की सीमा फलाँगती पूरे घर और घर के आसपास के फ्लैटों के भी दरवाजे खटखटा आई। नादान किंशु इस अप्रत्याशित प्रकरण से सहम, हाथ-पाँव पटक-पटककर चीखें भरता हुआ रोने लगा। अब तक के नाटक से निरपेक्ष बैठक में बैठी बीजी आँखों के आगे फैलाए अखबार को एक ओर फेंककर शिल्पा के कमरे की ओर दौड़ीं। भीतर का दृश्य पल-भर को उनके जैसी पत्थर

दिलवाली वृद्धा को भी सहमा गया। किन्तु शिल्पा के फूटे माथे से बहती रक्तधारा ने उन्हें जैसे एलार्म सुनाया। वनैले भैंसे-से हाँफते अनिल को उन्होंने पूरी ताकत से बाँह पकड़कर पीछे घसीटा, फिर दोनों हाथों से उसे धकियाती हुई कमरों के बीचोंबीच स्थित सहन में ले आई, "बस कर बेहया...बाप तो नौकरी करवाने ले जा रहा था, नौकरी करती तो साल-डेढ़ साल के भीतर ही किसी संगी-साथी से दीदे लड़ा मेरे बेटे की सारी कमाई डकार ले जाती डायन! तुम सबों का ऊँचा-नीचा सोच होशियारी बरती मैंने, घर का पैसा घर की ही चुनाई में लगे, आबरू ऊपर बनी रहे...मगर तू, न सब्र से काम लेना जानता है, न लल्लो-चप्पो से निकलवाना...अभी तक तो चूँ नहीं करती थी, जब से दौ सौ बीस वाली मिसेज दूबे से दोस्ती गाँठी है, बात-बात पर आँखें दिखाने लगी है...ज्यादा छेड़ेगा तो किसी दिन फुर्रर..."

"हुँह, फुर्रर होकर तो देखे। मिट्टी के तेल का पीपा उड़ेल तीली न दिखा दी, साली को तो...दो-चार प्रेमपत्र लिखवा के रखवा दूँगा सिरहाने कि..."

"चौप्प!" कठोर स्वर में बीजी की घुड़कन क्षण-भर पूर्व उनकी घुट्टी पिलाते सतर्क स्वर के साथ शिल्पा की अचेत हो रही चेतना पर प्रेत ठहाकों-सी गूँजने लगी...तो नाटक की सूत्रधार बीजी है!

माथे पर चार टाँके आए। दोनों घुटने अपनी जोड़ से हिल-से गए हैं...सोने की कोशिश कर रही है, पर सिर के भीतर जैसे टीसों के गुब्बारे फूट रहे हैं...क्यों पड़ी है यहाँ?

जीवित ही क्यों है?

जीवन जीने के लिए ही होता है। होता होगा। जीने के नाम पर जो जीवन उसे सौंपा गया है, पिछले पाँच वर्षों से उसे मँझा-मँझाकर वह रोयाँ-रोयाँ निचुड़ चुकी है...सामाजिक और पारिवारिक सुरक्षा प्रदान करने की आड़ में कितनी पटुता से उसकी भावनाओं और विवेक को छला गया। वह सोच भी कैसे सकती थी कि अपने दूसरे बेटे से उसके ब्याह का प्रस्ताव उसे एक सुनिश्चित भविष्य देने की दूरदर्शिता नहीं, बल्कि मुकेश के मरणोपरान्त प्राप्त रकम और सम्पत्ति को हथियाने का षड्यंत्र था! क्यों वह अपनी विवेक-बुद्धि गिरवी रख उनके षड्यंत्र का हिस्सा बनी? क्यों निरन्तर उनकी ज्यादतियों के समक्ष नैतिकता और मर्यादा

की आड़ ओढ़े-बिछाए कठपुतली-सी संकेतों पर ठुमकती रही? वह पढ़ी-लिखी युवती थी, नौकरी कर सकती थी...आत्मनिर्भर बन सकती थी...तब तो किशु भी नहीं हुआ था। इन लोभी सियारों की माँद में उसके टुकड़ों पर आश्रित होकर अपना आत्मसम्मान बचा सकती है वह? बचा सकती है...अब भी बचा सकती है। बस, नरक को स्वीकार करने का साहस जुटाना होगा उसे! मोह-मुक्त हो बाहर निकलना होगा...

सुरेश! सुरेश में अगर हिम्मत होगी तो एक दिन वह भी उसके साथ आ खड़ा होगा। वह दब्बू व्यक्तित्व का, हीनत्वबोध से आक्रान्त व्यक्ति है। नहीं आना चाहे तो उसे शिकायत नहीं होगी।

कोई हौले से आकर सिरहाने बैठ गया है...

"शिल्पा बेटी! बहू..."

यह तो बीजी हैं! वह सप्रयास आँखें खोलती है—उनके पीछे एक परछाईं है। शायद सुरेश खड़ा है।

"तुम्हारे बाबू जी पुलिस के साथ आए हैं, किसी पड़ोसी ने उन्हें फोन पर इत्तिला की है कि हमारे घर से तुम्हारे जोर-जोर से रोने-चीखने की आवाजें आ रही थीं...अगर वे पुलिस के साथ तुरन्त न पहुँचें तो शायद अपनी बेटी का मुँह न देख सकेंगे...

"देख बेटी! तू घर की बड़ी बहू है। घर की लक्ष्मी...अनिल नादान बच्चा है...उसे माफ कर दे...अड़ोस-पड़ोस का क्या है, वे तो हमारे घर की सुख-शान्ति के दुश्मन हैं! तमाशा देखने में उन्हें आनन्द आता है। पुलिस पूछेगी तो बहाना बना देना...चक्कर आ गया था..."

बीजी के स्वर में घबराहट स्पष्ट लक्षित हो रही है।

बात पूरी नहीं कर पाई है कि कमरे में एक सबइंस्पेक्टर के संग बाबू जी ने प्रवेश किया। आहट पाकर उसकी आँखें आस से भरी उनकी ओर घूमीं। पता नहीं उसके कंठ में कहाँ से इतना जोर पैदा हो गया कि वह पूरी ताकत से चीख पड़ी, "प...पड़ोसियों ने गलत इत्तिला नहीं दी, बाबू जी! मुझे जीवित देखना चाहते हैं तो यहाँ से फौरन निकाल ले चलिए...अभी भी वक्त है...अभी भी..."

(1990)

ताशमहल

गुसलखाने से तौलिया लपेटे हुए निकलते निशीथ को उसने कुछ झिझकते हुए रोक लिया, "सुनो!"

पायदान पर गीले पाँव रगड़ते हुए निशीथ ने प्रश्न-भरी दृष्टि से उसकी ओर देखा।

"मेरा मतलब है..."

"तुम्हारा मतलब है, मैं आज छुट्टी ले लूँ?"

उसका परेशान चेहरा हिला।

"छुट्टी बकाया है?" व्यस्त भाव से उसने सिर के गीले बालों को दोनों हाथों की उँगलियों से झटकते हुए कदम बढ़ा दिए।

वह एकदम सामने आ गई। तय करना जरूरी है। वह नहीं रुक सकती। आज से उसकी 'एजुकेशन फार वीमन्स इक्वलिटी' पर कार्यशाला शुरू हो रही है। तीस से पाँच तक चलेगी। तीन महीने से वह इसी कार्यशाला की योजना को कार्यान्वित कर पाने के लिए विभाग से लिखा-पढ़ी कर रही थी। बजट पास करवाया। सम्भावित विशेषज्ञों की सूची तैयार की। आमन्त्रण भिजवाए। हैदराबाद, कलकत्ता, बम्बई, मद्रास...कहाँ-कहाँ से लोग आ चुके होंगे। वह नहीं पहुँचेगी तो किए-धरे पर पानी फिर जाएगा। वीमेन स्टडीज यूनिट की प्रमुख प्रो. डॉ. मिस कथूरिया एक अन्य कार्यशाला के सिलसिले में मिजोरम गई हुई हैं। आज शुरू हो रही कार्यशाला की पूरी जिम्मेदारी उसके कन्धों पर है। क्या पता था कि, ऐन मौके पर बच्चू की बीमारी गम्भीर रूप धारण कर लेगी। और पिछले दो हफ्तों से चढ़-उतर रहा उसका बुखार वायरल नहीं, टाइफाइड सिद्ध होगा। सुबह थर्मामीटर

लगाया तो बुखार एक सौ चार पाया। दूध देने पर सारा दूध पलक झपकते उसने नाक-मुँह से भलभलाकर उलट दिया। होंठ बजबजा आए। आँखें डूबने लगीं। उसका कलेजा मुँह को आ गया। दौड़कर डॉ. श्रीवास्तव का नम्बर मिलाया। वे अपने नर्सिंग होम के लिए निकल रहे थे। उन्होंने स्पष्ट कह दिया कि बच्चे को वह अविलम्ब नर्सिंग होम में दाखिल करा दें। केस बिगड़ गया है। बच्चा रक्ताल्पता से पीड़ित तो है ही, हो सकता है ग्लूकोज आदि चढ़ाना पड़े। उसने कम्पित शब्दों में अपनी मजबूरी बयान की कि क्या शाम को कार्यशाला से लौटकर वह बच्चू को नर्सिंग होम में दाखिल नहीं करा सकती? 'नहीं' कहकर डॉक्टर श्रीवास्तव ने लाइन काट दी। दुबारा नम्बर मिलाने और पूछने का साहस नहीं हुआ। डॉ. श्रीवास्तव की हड़बड़ाहट से स्पष्ट जाहिर हो रहा था कि वे बेहद जल्दी में हैं और फोन रखते ही घर की सीढ़ियाँ उतर गाड़ी में बैठ गए होंगे।

"सब पैसा बनाने के चक्कर हैं...नर्सिंग होम में ले आइए।" टाँगें फैलाकर पैंट की जिप चढ़ाते हुए निशीथ ने घृणा से मुँह बिराया, "टाइफाइड है, कैंसर नहीं! मर नहीं जाएगा बच्चू। सुबह से घर को सिर पर उठा रखा है—ऊपर से ये डॉक्टर, जेबकतरे हैं साले, जेबकतरे!" टी-शर्ट का हैंगर बिस्तर पर फेंकते हुए वह बाँहें फँसाते हुए टी-शर्ट पहनने लगा। एकदम निर्लिप्त, "दाखिल-वाखिल करने की मूर्खता छोड़ो। लंच के बाद घर आ जाओ, बस, तब तक अम्मा देख लेंगी उसे। बत्तरा मामूली डॉक्टर नहीं। उसकी दी हुई खुराकें तो पूरी होने दो!"

"तो तुम उसे नर्सिंग होम नहीं ले जा सकते?"

"एक तो मैं डॉ. श्रीवास्तव की सलाह उचित नहीं समझता और अगर तुम्हारी जिद ही हो तो गुंजाइश नहीं।"

इससे अधिक गिड़गिड़ाना उसके वश का नहीं।

समय भी नहीं है। मदर डेरी के बूथ के सामने से ठीक आठ-बीस पर उसकी चार्टर्ड बस छूट जाती है। उसके बाद साढ़े आठ की तीन सौ चवालीस स्पेशल निकलती है, जो ठीक रा. शै. अ. प्र. प. के गेट नं. दो पर खत्म होती है। गेट नं. दो से उसका कार्यालय यही कोई आधा फर्लांग होगा। साढ़े आठ वाली बस भी छूट गई तो मुसीबत ही समझो। पहुँचने के लिए कोई सीधी बस नहीं है। मेडिकल पहुँचकर बस बदलो या फिर स्कूटर-टैक्सी का सहारा लो। व्यर्थ ही उसके आगे-पीछे मँडराती रही। स्वयं तैयार होना है। संग ले जानेवाले पूरे कागजात सहेजने

हैं। आधे-घंटे के अन्तराल में बच्चू को दो अन्य दवाइयाँ पिलाई जानी थीं, जिन्हें पिलाना ही भूल गई। दूध उलटकर कैसा निष्प्राण हो आया है! हफ्तों से न सिंचे पौधे की भाँति।

किसी सहयोगी को फोन भी नहीं कर सकती कि ऐसी स्थिति में वे ही सुझाएँ कि वह क्या करे? निकल चुके होंगे घर से सब।

वैसे भी उद्घाटन में तो उसे हर हालत में होना ही चाहिए। श्रेय लपकनेवाले प्रतिस्पर्धी कौन कम हैं कार्यालय में।

वैसे भी कार्यालय अब जुआखानों और जुगाड़खानों में तब्दील होते जा रहे हैं। खेल खेलने में माहिर ही वहाँ जमे रह सकते हैं। उन लोगों के सामने घर-बार की मजबूरी का होना उनके हाथ में फाँसा पकड़ाना होगा।

"टाइफाइड है कैंसर नहीं, मर नहीं जाएगा बच्चू!" लगा था किसी ने पहाड़ की चोटी पर चढ़ाकर अचानक पीठ पीछे से धक्का दे दिया हो।

निशीथ दिन-प्रतिदिन काठ क्यों होता जा रहा है? किसी सूखे तने-सा काठ! जिसकी छाती में खुदे कोटर में निवास करते पक्षियों सदृश वे। कोई सरोकार नहीं उन रहनेवालों के संग उसका। क्या हुआ उनके दरमियान कि एकाएक निशीथ काठ होने लगा और वे कोटर के आश्रयी पक्षी। बदहवास हो घबराकर कितनी जोर से चीखी थी। जब तक बच्चू को गोद में उठाकर पलंग की पाटी से उसे नीचे झुकाए तड़पकर उसने नाक और मुँह से भल-भलाकर दूध नहीं, आँतें उगल दी थीं बिस्तर पर। कोई समय था, बच्चे पर बिगड़ने का? खटिया लगते बड़ों-बड़ों की हिम्मत पस्त हो जाती है। बिस्तर पर ही खाना-पाखाना होने लगता है। फिर वह तो चार फीट की नन्ही काया है। कहीं गाँव-जवार में होता तो अब तक कनिया लदा बछेड़-सा माँ के आँचल में मुँह मारता फिरता।

दवाई की दोनों खुराकें आँख भींचे पड़े शिथिल बच्चू के मुँह में एक साथ डाल दीं उसने। उबकाई शान्त है। दवाएँ उलटीं नहीं उसने।

कलाई मोड़कर सूइयों पर निगाह डाली। मस्तिष्क को अचानक बिजली का-सा झटका लगा। चार्टर्ड गई। भले सीढ़ियाँ उतरते ही उसे रिक्शा खड़ा मिल जाए तब भी वह मदर डेयरी के बूथ तक समय से नहीं पहुँच सकती और बस नहीं पकड़ सकती। तीन सौ चवालीस स्पेशल का ही आसरा शेष है। कन्धे पर मूँगा

कोटा के पल्लू की चुन्नटों को ब्लाउज के भीतर से पिन लगाते हुए वह हड़बड़ाई हुई-सी अम्मा जी के निकट जा खड़ी हुई। बोलते हुए चेहरा दयनीय हो आया। कुछ बोलना न भी हो तब भी दयनीयता उनकी उपस्थिति के साथ ही जाने क्यों चेहरे पर आ चिपकती है।

"आप कहें तो रोनू को क्रैच में छोड़ती हुई जाऊँ!"

"काहे?" अम्मा के माथे की साँवली झुर्रियाँ गहरी सलवटों में परिवर्तित हो चौड़ाती झड़ी माँग से जा जुड़ीं, "हम नहीं हैं घर में...?"

"दोनों को सँभालने में दिक्कत नहीं होगी आपको?"

"जरूर होगी...तुम बच्चू को नर्सिंग होम में दाखिल नहीं कराय रहीं?"

उनका आशय तमाचे-सा लगा गाल पर।

"छुट्टी नहीं ले सकती..." उसे लगा, आगे शब्द नहीं, अचानक रुआँस झड़ पड़ेगी होठों से। बीच-बीच में छुट्टी लेती रही। ले सकती थी, नहीं ले पा रही तो कोई बच्चू की जिम्मेदारी उठाने को तैयार नहीं। दो हफ्ते से बिस्तर पर पड़ा है बच्चा, किसी रोज दिक्कत हुई क्या? कोई तकलीफ दी उन्हें बच्चू ने? उठ पाता है तो अपने-आप निर्देशानुसार दवा खा लेता है। दूध ले लेता है। बच्चू से लगाव नहीं है, न सही। लेकिन सामान्य दया-माया पाने का भी अधिकारी नहीं है वह। सुबह से मात्र मूकदर्शक की भाँति बैठी देख रही है, बच्चू की बिगड़ती हालत। न खुद पूछा-पाछी की, न निशीथ को ही टोका कि एक दिन दफ्तर न जाने से पहाड़ नहीं टूट पड़ेगा सिर पर। कैजुअल पूरी-की-पूरी बकाया है उसकी, अच्छी तरह जानती है। घड़ी की सूइयाँ दौड़ रही हैं। उनके मुँह लगना ठीक नहीं। सुबह से झायँ-झायँ हो रही है। पता नहीं, कार्यशाला में क्या कर पाएगी।

बच्चू के सिरहाने रखी मेज पर से दवाइयों की दो पुड़िया बना लाई और अम्मा जी के सामने खोलकर समझाने लगी, "सुबह की दवा पिला दी। ग्यारह के आसपास ये पीली गोली और ये हरा-सफेद कैपसूल दे दीजिएगा, पानी के साथ। दोपहर में ये तीनों सफेद। उलटी की शिकायत करे तो ये छोटी सफेद।"

उल्टी की बात सुनते ही अम्मा के चेहरे पर घिन कौंधी। रोनू दाँत निकाल रहा है। दस्त भी लग जाते हैं उसे और दूध भी उलट देता है अक्सर। उसकी उल्टी-टट्टी साफ करते अम्मा के चेहरे पर रत्ती-भर भी घिन नहीं झलकती। चिन्ता

टपकती रहती है प्रतिपल। हरड़-बहेरा चटाने से लेकर राई-नोन उतार टोना-टटका फूँकती रहती हैं उस पर। जिस दिन रोनू के जन्म लेने की सूचना पहुँची उनके पास, कभी उनकी देहरी पर पाँव न धरने की उनकी कसम अचानक टूट गई। रोनू को छाती से चिपकाए उस पर बलिहारी होती रहतीं वे। आने-जाने वाले सम्बन्धियों के समक्ष खिसियाती बड़बड़ाती रहतीं कि मूल से ब्याज प्यारा होता है। कैसे हठ धरे बैठी रहतीं? उसके साथ निशीथ के ब्याह के निर्णय को अम्मा पचा नहीं पाई थीं। कसम खा ली थी उन्होंने कि वैधव्य के शेष दिन वे आगरे जाकर अपने राधास्वामी सत्संगियों के बीच काट देंगी। तीन साल से अम्मा वहीं थीं। जब से आई हैं रोनू को क्रैच में नहीं छोड़ने देतीं। बड़े मनोयोग से सुबह-शाम कड़वे तेल से उसकी मालिश करती हैं। चिरौंजी का उबटन मलती हैं। मैल की बत्तियाँ दिखाकर निशीथ को उसकी लापरवाही का उलाहना देती हैं, "ऐसे पलते हैं बच्चे! दूध के दाँत निकले नहीं और डिब्बे का दूध! छाती सुखाने की क्या जरूरत थी? ऐसी कौन-सी कलेक्टरी चली जाती अगर नौकरी छोड़ देती बहू?"

"बच्चू का दलिया बना दिया है।"

उसने अम्मा को देखे बगैर उन्हें सम्बोधित किया।

कन्धे पर बैग डालकर गोद में फाइलों का पुलिन्दा सहेजती हुई वह बच्चू के ऊपर झुकी, "दादी को दिक् नहीं करना! बिस्किट, पानी सब रखा है तुम्हारी मेज पर।"

कठिनाई से आँखें खोलते हुए बच्चू ने निष्प्रभ दृष्टि से उसे देखकर अनुमोदन में ठुड्डी हिलाई।

वह तेजी से कमरे से निकलकर दालान पार करती हुई घर से बाहर हो गई। रोनू को प्यार करना भूल ही गई। अम्मा को बच्चू की दवाइयों की खुराक समझाने गई तो कैसे उसकी ओर टूटकर कूद पड़ रहा था उनकी गोद से। अच्छा है, काजल नहीं आँजती आँखों में।

बस के पायदान पर पाँव रखते ही बस रेंगने लगी।

जान में जान आई। बस छूटती देख रिक्शेवाले से अठन्नी वापस नहीं ले पाई। महिलाओं के लिए आरक्षित सीटों के निकट पहुँचते ही एक सीट पर बैठी दो महिलाओं

ने उसके टिकने के लिए जगह बनाई। कृतज्ञता ज्ञापित करती वह सीट पर बैठ गई। फाइलों का ढेर खिड़की से सटी बैठी हुई महिला ने अपनी गोद में रख लिया।

पहले ठीक नहीं थी! अकेली? अकेली कहाँ, बच्चू था साथ।

सुकुमारी काकी थीं, जो कार्यालय से उसके घर में पाँव देते ही अपना झोला लटका घर और बच्चू की जिम्मेदारी उसके हवाले कर अपने घर चल देतीं। अनुशासित दिनचर्या, कोई बाधा-व्यवधान नहीं। कभी सुकुमारी काकी की रीढ़ की हड्डी की टीसें उन्हें खटिया से लगने को मजबूर कर देतीं तो वह और बच्चू आपस में जिम्मेदारी बाँट, एक मौन समझौते के तहत जीने लगते। बच्चू पड़ोस की सुलभा आंटी से चाबी लेकर ताला खोलता। मेज पर रखा खाना खाता। खाने के बाद सुलभा आंटी से बाहर ताला डलवा चाबी अपने पास रखने को कहकर सो जाता। कई दफ़े तो वह उसके कार्यालय से लौटकर आने तक सोता ही रहता। किन्तु अक्सर बच्चू उसके घर पहुँचने से पूर्व उठकर अपना गृहकार्य निपटाकर कमरे की खिड़की पर बैठा उसके आने की प्रतीक्षा करता मिलता। उसे देखते ही खिड़की से दरवाजे पर आ हर्षित हो कूदने लगता, "ममा आ गई। आ गई। आ गई।" किवाड़ खोलते ही उचककर वह उसके गले में झूल जाता और पाँव उचकाए हुए ही बिस्तर तक लटका चला आता। उन दोनों के बीच दूर-दूर तक कोई नहीं था।

निशीथ से उसने स्पष्ट कहा था कि वह अपने और बच्चू के बीच किसी अन्य की गुंजाइश कतई नहीं पाती। उसके सामने एक संकल्प है। उद्देश्य है। सार्थकता भी। देह की माँग इन सबके बीच स्वत: खो गई है। उठती ही नहीं।

"यह साधना है...स्वाभाविकता माँग से काटकर।"

"गलत...न साधने की आवश्यकता रह गई है, न काटने का प्रयत्न...देह अपनी सीमाओं के प्रति समझदार नहीं साझीदार भी है..."

"मैं इसे दमन करूँगा..."

"तुम मुझे जीने की परिभाषा नहीं दे सकते..."

"यह तुम्हारी ज्यादती है...तुम मेरी ओर देखना नहीं चाहतीं..."

"मेरे लिए इन बातों का अब कोई महत्त्व नहीं रहा..."

'यह' उसके सामने निशीथ ने एक छोटी-सी काली डायरी हौले से सरका दी थी।

"क्या है, यह?"

"खुद ही देख लो।"

"मगर क्यूँ?"

"मुझे जानने के लिए..."

"तुम्हें जानती नहीं...?"

"वह मैं नहीं हूँ...।"

"अगर तुम वह नहीं हो तो तुम्हारे कुछ और होने को जानना मेरे लिए आवश्यक नहीं..."

"शायद...लेकिन मैं चाहता हूँ कि तुम मेरे कुछ और होने को भी जानो शुभू।"

"किसी की डायरी पढ़ना अपराध है, निशीथ।"

"तब नहीं, जब कोई स्वयं उसे पढ़वाना चाहे।"

उसके भीतर गाढ़ा होता असमंजस मेज पर रखी कॉफी के प्याले की सतह पर साढ़ी-सा जमने लगा। झट से साढ़ी हटाकर उसने कॉफी का घूँट भरना चाहा। भर नहीं सकी। दस-पन्द्रह मिनट पूर्व आई कॉफी का स्वाद ऐसा लग रहा है, जैसे पिछले दिन कोई कॉफी बनाकर अपना प्याला पीना भूल गया हो और वही प्याला किसी ने फिर उसके सामने लाकर रख दिया हो। झुटपुटा उसके भीतर उतरने लगा। उठना चाहिए। इंडिया इंटरनेशनल सेंटर के सामने से स्कूटर नहीं मिलता। खान मार्किट तक पैदल जाना होगा। बच्चू चिन्तित हो रहा होगा कि घंटे-डेढ़ घंटे देरी से पहुँचने की खबर करके ममा अब तक घर क्यों नहीं पहुँचीं।

"उठें...?"

अपने में डूबे निशीथ ने चौंककर उसकी ओर देखा, "एक-एक कॉफी और पीएँ..."

वह उठ दी, "पहली ही नहीं पी सकी..."

"क्यों...ठीक नहीं?"

"इच्छा नहीं हो रही।" वह उठते ही कुर्सी खिसकाकर मुड़ ली। उसकी पीठ ने महसूस किया, मेज पर से डायरी उठाते हुए निशीथ ने याचना-भरी दृष्टि से उसे देखा। फिर खामोशी से पीछे हो लिया।

गेट से निकलते ही संयोग से एक खाली स्कूटर सामने से आता हुआ दिखाई दिया। रोका उसे। किराया उसने डेढ़ गुना माँगा। इस वक्त कोई झिकझिक सम्भव

नहीं थी। भीतर पाँव रखते हुए उसने चेहरे पर स्थायी हो आई अलिप्तता को तनिक झटकने की कोशिश की। इतना आशालीन होना उचित नहीं। "कॉफी के लिए धन्यवाद! निशीथ।"

निशीथ के उदास चेहरे पर सघन होती सन्ध्या की कालिख गहरा आई, "मैं अब भी डायरी पढ़वाना चाहता हूँ..."

वह कहना चाहती थी, इसके लिए तुम मुझे क्षमा कर देना निशीथ! लेकिन उसके डायरी लिये तेजी से आगे बढ़ आए हाथ की किलकन उससे दुरियाई नहीं गए।

रात बिस्तर पर डायरी के पृष्ठ करवटें भरने लगे...

"दिवाकर को चुनकर तुमने मेरे सामने एक फैसला रख दिया था और अपनी भावनाओं को अप्रकट रहने देकर मैंने उसे अपनी नियति मानकर स्वीकार कर लिया था। अब दिवाकर तुम्हारे जीवन से अलग हो चुका है...मैं तुम्हें बताना चाहता हूँ कि तुम्हारे इर्द-गिर्द बने रहने का बरसों पुराना सन्तोष अब अचानक अपनी नियति से विद्रोह करने लगा है..."

"व्यक्ति व्यक्ति से अलग होता है...मैं तुम्हें अब भी...तुम्हारे लिए सही मायनों में साथी होना चाहता हूँ, शुभू! बच्चू के लिए सचमुच पिता। तुम पाओगी, मैं जो कुछ कह रहा हूँ, मात्र मेरा सोचना-भर ही नहीं है, न कोरी भावुकता की उड़ान। यह जीवन के हर पक्ष में भागीदारी का ऐलान है...बच्चू तुम्हारे प्राणों का स्पन्दन ही नहीं है, वह मेरे हृदय में भी संचरित हो रहा है..."

डायरी के पृष्ठों ने उसे उद्वेलित कर दिया। महीनों वे पृष्ठ किसी के हाथ में बन्धक कबूतर से इर्द-गिर्द फड़फड़ाते रहे...पीड़ा के खाँचे नहीं होते!

"मेरी एक शर्त है..." वे इंडिया इंटरनेशनल सेंटर के उसी पिछवाड़े वाले लॉन में बैठे हुए थे।

"मुझे मंजूर होगी..."

"बच्चू के अलावा मैं कोई दूसरा बच्चा नहीं चाहूँगी..."

निशीथ को निर्णय करने में पल-भर भी नहीं लगा, "मंजूर...लेकिन क्यों?"

"विभाजित माँ डायन होती है..."

असावधानीवश रोनू रह गया। वह निश्चिन्त थी कि गर्भपात करवा लेगी।

निशीथ ने पहले तो हाँ कर दी मगर डॉ. कोटवानी से गर्भपात की तारीख निश्चय करने के समय एकाएक उसका हृदय डाँवाँडोल होने लगा। उससे रहा नहीं गया। डॉ. कोटवानी के सामने ही वह उससे जिद करने लगा कि वह अपने निर्णय पर एक बार फिर से सोच ले। गर्भ रह ही गया है तो बच्चा होने देने में हर्ज ही क्या है? अपनी जिद के पक्ष में उसका तर्क था, "क्या हम अपनी मान्यताओं को बच्चू के ऊपर जबरन थोपकर बच्चू के संग ज्यादती नहीं कर रहे? बड़े होकर उसे अकेलापन अनुभव हो सकता है। बड़े होकर क्या, अभी नहीं लगता होगा? एक और बच्चे के आ जाने से बच्चू कितना खुश होगा? और अगर कहीं बहन आ जाए तो इस घर में लड़की की कमी भी पूरी हो जाएगी..."

"...वह शर्त और कुछ नहीं, तुम्हारे हृदय में पंजे गड़ाए बैठी असुरक्षा की वह भावना थी, जो तुम्हें आशंकित किए हुए है कि कहीं ऐसा न हो कि हमारा वात्सल्य बँट जाए। तुम्हें बच्चू के प्रति मेरे व्यवहार में कोई अन्तर दिखाई दे रहा है? स्नेह में कोई खोट महसूस हो रही है?"

उसे लगा, बच्चू के बहाने स्वयं निशीथ के मन में बच्चे की ललक ठाठें मार रही है। वह पिता होना चाहता है। उसके पिता होने के अधिकार को वह अपनी अमानवीय शर्त के पाँवों तले कुचलकर उसके प्रति निर्दयी नहीं हो रही? सम्भव है स्वयं पिता बनकर निशीथ बच्चू के लिए अधिक संवेदनशील और उदार पिता साबित हो। शायद आनेवाला बच्चा उन तीनों को अधिक सुदृढ़ता से जोड़नेवाला सेतु सिद्ध हो। गर्भपात कराने का निश्चय उसने बदल दिया।

कुर्सी पर अधलेटी-सी हो उसने आँखें ढाँप लीं।

कैसा दड़बे-सा कमरा है उसका। बिजली जाते ही अँधेरी सुरंग-सी हो उठती है, कमरे के ऊपर ढही पड़ती-सी दीवारें। कितनी लिखा-पढ़ा की है अधिकारियों से उसने कि काम-काज के लिए उसे कोई अन्य जगह दे दी जाए। कोई भी। भले ही वह वातानुकूलित न हो मगर उसके सीने पर आसमान की ओर खुलती कुछेक खिड़कियाँ अवश्य हों, जिनसे टिककर वह ताज़ी हवा के झोंकों के साथ अपने होने को अपने भीतर महसूस कर सके। घर और कार्यालय दोनों ही जगह

वह अपने होने को महसूस करने के लिए निरन्तर छटपटाती रहती है। घर में खिड़कियाँ बहुत हैं, मगर वे खुली होने के बावजूद उसे उसके होने की अनुभूति से नहीं पूरतीं। उसे लगता है कि वे खिड़कियाँ, खिड़कियाँ नहीं रह गई हैं दीवारों का हिस्सा बन गई हैं जिनके पट जंग खाई सिटकनी के चलते कभी न खुल पाने के लिए अभिशप्त हैं...

"अन्दर आ जाऊँ साहब...?"

चौंककर वह सीधी हो आई। प्रकाशन विभाग के गुप्ता जी थे, "लगता है मैंने आराम में खलल डाल दी।"

"आराम!"

"तो कुछ सोच रही थीं...?"

"बैठिए...बैठिए..." उसने उनके प्रश्न का कोई उत्तर न देते हुए कुर्सी की ओर इशारा किया।

"ऐसा है शोभना जी, मैं आपकी परेशानी समझ रहा हूँ। जिन लोगों को स्थानान्तरित किया जाना चाहिए, वे इत्मीनान से कुर्सी से चिपके बैठे हुए हैं। किसी एम.पी. या मन्त्री से परिचय-वरिचय नहीं आपका?"

उसने प्रश्न-भरी दृष्टि से गुप्ता जी की ओर देखा।

"ये निदेशक साहब हैं ठेठ धुर्र। करती रहिए लिखा-पढ़ी। देती रहिए ये कारण, वे कारण। रोती-बिसूरती रहिए अपनी कठिनाई। हथेली पर सरसों नहीं जमेगी। आपको शिमला जाना ही पड़ेगा बतौर फील्ड एडवाइज़र...रीडर हैं तो क्या हुआ, जहाँ-तहाँ पटक सकते हैं वे आपको...बस, एक ही पेपरवेट है जो आपके तबादले को कल का कल बल्कि यों कहूँ तो अभी इसी क्षण रद्द करवा सकता है...मन्त्री जी का एक फोन पहुँच जाए इस धुर्र के पास, फिर देखिए तमाशा...कलाबाजी खाता नजर आएगा आपके इर्द-गिर्द। अंगद के पाँव की तरह दिल्ली में जम जाइएगा आप साहब।"

"यही तो मुश्किल है..." उसके चेहरे पर हताशा अहेरी के जाल-सी फैल गई।

"अरे मुश्किल-उश्किल कुछ नहीं...निशीथ जी से कहिए कोई सोर्स भिड़ाएँ... दिल्ली में रहिएगा और बिना किसी एम.पी., मन्त्री की किरपा से।"

उसके होठों पर कलछाया विद्रूप खिंच आया। जल्दी में नहीं लगे गुप्ता जी, चाय मँगवानी ही पड़ी उसे। चाय सुड़कते हुए गुप्ता जी उसके विभाग के

प्रत्येक अधिकारी की जन्मपत्री सस्वर बाँचते रहे। सुनते हुए भी वह सुन नहीं रही थी। उनके जाते ही उसने निदेशक के नाम अपने तबादले के सन्दर्भ में तीसरा कड़ा विरोध पत्र लिखा और पी.ए. नौटियाल को बुलाकर उसे तत्काल टंकित कर लाने को कहा। फिर अपने द्वारा पिछले वर्ष स्कूल शिक्षकों के लिए संयोजित की गई एक विशिष्ट पुस्तक की टंकित प्रति सामने खींचकर पढ़ने की कोशिश करने लगी।

निशीथ से कुछ कह सकती है...? पिछले हफ्ते से उन दोनों के मध्य परस्पर बोलचाल एकदम बन्द है। पहले उनकी कोशिश हुआ करती थी कि जब तक अम्मा उनके साथ हैं, किसी भी प्रकार की बदमजगी से वे बचें। लेकिन अब उसकी पूरी सतर्कता और संकोच के बावजूद स्थिति ठीक उलटी हो रही है। निशीथ के दिमाग में कुछ जाले पैदा हो गए हैं। वह अपनी समस्त चेतना और विवेक को ताक पर रखकर उन जालों में कैद हो गया है और उसे भी उन जालों की बदबूदार सड़न में घसीटकर अपने हाथों अपनी नाक-मुँह बन्द कर घुट जाने को विवश कर रहा है...बन्द कर लें अपनी नाक-मुँह...?

...सोने की तैयारी में वह पलंग पर अधलेटी हो पत्रिका पलट रही थी। निशीथ ब्रश करने गया हुआ था। अचानक पसीने से लथपथ काँपता हुआ बच्चू अपने कमरे से आकर लिपट गया और हिचकी ले-लेकर सुबकने लगा। समझ गई, वह नींद में डर गया है। पुचकारने पर उसने बताया कि सपने में उसने एक विशाल डरावने दैत्य को देखा जो अपनी लपलपाती जीभ लिये उसे निगलने को उसकी ओर बढ़ रहा था। उसने बच्चू को प्यार करके उसके कोमल हृदय से भय भगाने की चेष्टा की। समझाया-बुझाया कि डरना कायरता है, वह तो बहुत बहादुर बच्चा है। जाए और अपने कमरे की बत्ती जलाकर सो जाए। मगर बच्चू अपने कमरे में अकेले जाकर सोने के लिए तैयार नहीं हुआ। जिद ठान बैठा कि या तो वह चलकर उसके पास सोए या फिर उसे अपने पास सुलाए। भयभीत बच्चू किसी आघात से पुन: बीमार न पड़ जाए, यह सोचकर उसने उसे छाती से चिपका लिया और उसे सुलाने की कोशिश करने लगी। पता नहीं कब बच्चू सो गया और उसे भी झपकी लग गई। अचानक उसे महसूस हुआ कि किसी ने झटके से बच्चू को उसके अंक से दबोच लिया है। जब तक वह कुछ समझे-बूझे, बच्चू की दिल दहला देनेवाली

चीत्कार को सुनकर बदहवास-सी उठ बैठी। कमरे के अन्दर का दृश्य देख दिल दहल गया। अशक्त बच्चू को शक्तिभर ऊँचे उठा निशीथ ने निर्दयतापूर्वक पलंग पर पटक दिया था...

वह अपने पर नियन्त्रण खोकर पगला-सी उठी। "क्यूँ प्राण लेना चाहते हो तुम इस अबोध बच्चे के? क्या बिगाड़ा है इसने तुम्हारा? बोलो, क्या बिगाड़ा है इसने तुम्हारा?"

"यह मेरी आँखों में प्रति क्षण किरच-सा करकता रहता है..."

"मगर क्यूँ?"

"न पूछो तो बेहतर है..."

"सब्र की एक सीमा होती है...."

"होती है, निश्चित। और मेरे भीतर भी अब वह चुक गई है...बच्चू मात्र दिवाकर का अंश ही नहीं, उसकी शक्ल में तुम प्रतिपल अपने भीतर दिवाकर को ही जी रही हो। दिवाकर तुम्हारे लिए अतीत नहीं अब भी वर्तमान है, वर्तमान...वह तुम्हारे जीवन से निकलकर आज भी नहीं निकल पाया..."

"यह सब तुम्हारे संशयी दिमाग के जाले हैं जिन्हें तुम मुझ पर उगल रहे हो..."

"जाले नहीं सच्चाई है, कड़वी सच्चाई। बच्चू को जब भी मैं तुम्हारी छाती में सिर गड़ाए दुबका हुआ पाता हूँ, मुझे वह दिवाकर नजर आता है..."

"क्या बकते हो..."

"इस घर में, अपने और तुम्हारे बीच इसे मैं और नहीं बर्दाश्त कर सकता... मुझे ही नहीं, इस टूटरूँ-टूँ दिवाकर के पीछे तुम मेरे बच्चे की भी उपेक्षा कर रही हो...लगता है रोनू को पैदा ही नहीं किया तुमने...क्यों कर रही हो सौतेला व्यवहार मेरे बच्चे के संग?" 'मेरे' पर निशीथ ने जिस भाव से जोर दिया, उसके भीतर भरे मर्तबान-सा गिरकर कुछ टूट गया। यह उनके दरमियान मेरे-तेरे की विभाजन रेखा कब आ बैठी दबे पाँव।

"क्या कह रहे हो, अनर्गल ओछा...समझते हो?" घृणा से उसकी आवाज काँप उठी, "मैं माँ हूँ...बच्चू और रोनू में अन्तर कर सकती हूँ?"

"खूब...पता नहीं क्यों तुम पर मैंने रोनू के जन्म के लिए दबाव डाला। क्यों जिद की पिता बनने की...तुम तो दुबारा माँ बनना ही नहीं चाहती थीं। रोनू मरे या

जिए, तुम्हें इससे मतलब नहीं, उठाया गोद में और पटक आई क्रैच में...जो कुछ करना है अम्मा करें..."

बिस्तर पर सहमा बच्चू घुटने में मुँह छिपाए बैठा हुआ था। अम्मा भी उठकर कमरे के दरवाजे पर आ खड़ी हुई थीं। उसने शान्त होने और शान्ति बनाए रखने की मंशा से स्वर को भरसक संयत बनाया, "ऐसा नहीं हो सकता कि तुम अपने मन में बैठी आधारहीन संशयों को उखाड़ फेंको और बच्चू को उसी रूप में प्यार करो जैसे पहले करते थे? तुमने स्वयं दिवाकर बनना चाहा था उसके लिए पिता बनकर।"

"तुमने बनने नहीं दिया..."

"यह सच नहीं है..."

"सत्य क्या है?"

"सत्य इतना-भर है कि इस घर में रोनू के लिए दादी है, पिता है, माँ है, किन्तु बच्चू के लिए...सिर्फ उसकी माँ-भर है। इस घर में ही क्या, सम्भवत: पूरे संसार में और मैं उससे उसकी माँ छीनने का अपराध नहीं कर सकती..."

"ये तुम्हारे मन के भ्रम हैं...लेकिन अब भी ये घर, घर हो सकता है एक शर्त पर। बच्चू को हॉस्टल में डालना होगा...मैंने पंचगनी स्थित रानाडे विद्यालय का फार्म आदि मँगवा लिया है...सोच लो तुम।" वह पाँव पटकता हुआ अपने कमरे की ओर चला गया था। अम्मा जैसे मौन खड़ी थीं, मौन ही पलट पड़ी थीं। उस कमरे में रह गए थे सिर्फ वह और घुटनों में मुँह दिए उकड़ूँ बैठा बच्चू!

...कितना कुछ कहना चाहती थी। कहना चाहती थी, जो व्यक्ति मेरे जीवन से निकल चुका है, उसे तुम इस अबोध बच्चे में खोज रहे हो। यह दिवाकर का अंश जरूर है निशीथ, किन्तु यह मेरा भी तो अंश है, तुम मुझे क्यों नहीं खोज सके बच्चू में और उसे क्यों नहीं अपना सके? क्या था, वह जो तुम अपनी डायरी के पृष्ठों में दर्ज करते रहे...? दिवाकर से जुड़ जाने के बावजूद जो तुम्हारे हृदय में उतनी ही तीव्रता से प्रज्वलित होता रहा और बरसों के अन्तराल के बावजूद, शमित नहीं हो पाया। कहना यह भी चाहती थी निशीथ से कि तुमने तो कहा था कि तुमने ब्याह इसलिए नहीं किया था कि तुम अपनी शुभू के अलावा किसी और से शादी कर ही नहीं सकते थे।...

"अन्दर आ सकता हूँ मैडम?" नौटियाल निदेशक के नाम लिखाया गया उसका पत्र टंकित करके ले आया था।

"आओ।"

"यह पत्र...हाथ से ही भिजवाएँगी बड़े साहब के पास या डाक से...?" नौटियाल ने पत्र की टंकित प्रति उसकी ओर बढ़ाते हुए पूछा।

"बैठो...अब यह पत्र नहीं जाएगा।"

नौटियाल ने चकित भाव से उसकी ओर देखा।

"हाँ, दूसरे पत्र का डिक्टेशन ले लो।"

"यह ठीक नहीं?"

"नहीं, यह बात नहीं...यह तबादले के प्रतिवाद में है नौटियाल...और अब मैं तबादले पर जाने के लिए तैयार हूँ..."

कागज-कलम सँभालते हुए नौटियाल ने अचरज से मैडम की ओर देखा। यह मैडम क्या कह रही हैं...

(1989)

प्रमोशन

यहाँ—शयनकक्ष के इसी पलंग पर बैठे हुए उसे सब दिखाई दे रहा है।

अखबार आँखों के सामने जरूर खुला हुआ है लेकिन दृष्टि उसी पैरा पर घूमती हुई वहीं अटकी हुई है, जहाँ से दसेक मिनट पहले उसने पढ़ना शुरू किया था।

अपनी इस विवशता के प्रति उसे वितृष्णा हो रही है, आखिर यह क्या बेहूदगी है! पढ़ने में मन नहीं लग रहा तो खामखाह अखबार खोले पढ़ने का नाटक क्यों रचाए हुए है? तह कर रख दे और ललिता पर दृष्टि गड़ाए रहे। नजरों की यह लप्पा-डुग्गी आखिर कब तक चलती रहेगी? उसकी उद्विग्नता से अनभिज्ञ, नितान्त सहज भाव से सहन में रखे हुए फ्रिज को खोलती-बन्द करती, बची हुई भोजन-सामग्री सहेज रही है। खाना निपट जाने के बाद यह उसकी सामान्य तत्परता होती है। सोने से पहले वह कॉफी या दूध के विषय में भी पूछेगी और उत्तरानुसार प्याला पलंग के सिरहाने सटी किताबोंवाले छोटे रैक पर रख बगल में आ बैठेगी। किसी छूटी किताब के साथ।

सारी गतिविधियाँ रोज रात की भाँति ही निपटाई जा रही हैं, पर उसे ऐसा महसूस हो रहा है कि जैसे आज ललिता के तलुवों के नीचे फर्श की सख्त खुरदुरी लादी नहीं, बल्कि मखमली कालीन की गुलगुलाहट आ बिछी है। वह उस पर चल-फिर नहीं रही, थिरक रही है।

अखबार लेकर बैठा इसी उद्देश्य से था कि सुबह दफ्तर जाने की आपाधापी में उत्तेजक बजट-बहस का जो विस्तृत हिस्सा पढ़ने से शेष रह गया है उसे पूरा कर

डालेगा। अधूरी जानकारी के चलते वह सहकर्मियों के बीच विवाद का विषय बनी बहस पर अपने-आपको तनिक तर्कहीन और विक्षुब्ध अनुभव करता रहा। मन-ही-मन तय करके लौटा था कि घर पहुँचकर सबसे पहले अखबार चाट डालेगा, ताकि कल मित्रों के बीच अधिकारपूर्ण ढंग से बजट की कमियों-खूबियों की व्याख्या कर सके अपने पक्ष के साथ।

फ्रिज का दरवाजा खोलने के झटके से उत्पन्न भन्नाटे के बीच तनिक लड़ियाये हुए स्वर में ललिता ने उसे वहीं से सम्बोधित किया, "डॉ. कोठारी को फोन कब करोगे? नौ से ऊपर हो रहा है। ठीक साढ़े नौ बजे वे टहलने निकल जाते हैं और लौटते ही सीधा बिस्तर पर..."

"सुबह कर लूँगा।" अनायास उसका स्वर गुर्राया-सा हो आया।

उसकी गुर्राहट पर ध्यान न देते हुए हाथों और बगल में एक साथ पानी से भरी बोतलें दबाए, उन्हें सावधानीपूर्वक फ्रिज में चुनती ललिता ने प्रतिवाद किया, "सुबह नहीं, अभी ही कर लो। सुबह घंटा-भर तो तुम पाखाने में बैठे अखबार बाँचते रहोगे...कर चुके फोन...सुबह नहीं हो सका तो फिर रात से पहले उनसे बात सम्भव नहीं होगी। अभी कर लेने में हर्ज?"

"लैब में बात नहीं हो सकती?"

"नहीं हो सकती। कहाँ होते हैं, किसे पता?"

ललिता के स्वर की अप्रकट तुनक उसे नागवार गुजरी, "मेरी बात नहीं भी हो पाई तो, तुमने तो उन्हें आमन्त्रित कर ही दिया है। मैं आग्रह नहीं करूँगा तो क्या वे घर आना रद्द कर देंगे?"

"आएँगे वे जरूर लेकिन शिष्टता का तकाजा है, तुम भी बात कर लोगे तो उन्हें और अच्छा लगेगा। यह भी पूछ लेना, शनिवार की रात आने में उन्हें किसी प्रकार की असुविधा हो तो इतवार की दोपहर बढ़िया रहेगी।"

बहस के पचड़े से बचने की खातिर उसने कोनेवाली तिपाई पर रखा टेलीफोन उठा लिया और ललिता द्वारा लिखवाया गया डॉ. कोठारी का नम्बर अनिच्छापूर्वक घुमाने लगा। नम्बर तत्काल मिल गया। मगर जवाब में वह मौन साधे यूँ दर्शाता रहा कि जैसे उस ओर निरन्तर घंटी बज रही हो और कोई फोन उठा ही न रहा हो। कान से चोंगा सटाए हुए कनखियों से उसने यह भी भाँपने की

चेष्टा की और अपना अनुमान सही होता पाया कि व्यस्तता के बावजूद ललिता का ध्यान निरन्तर उसकी ओर ही लगा हुआ है। उसके फोन रखते ही वह हाथ रोक रसोई की चौखट पर आ खड़ी हुई, "कोई उठा नहीं रहा?"

वह साफ झूठ बोला, "हाँ, लगता है घूमने निकल गए हैं।"

"इतनी जल्दी? लेकिन, हरगोविन्द को तो हर हालत में घर पर ही होना चाहिए...ठीक है, थोड़ा ठहरकर एक बार फिर कोशिश कर लेना।"

वह बिंधकर रह गया। ललिता इतने आत्मविश्वास के साथ यह सब कैसे कह रही है? मानो उस घर की सूई से लेकर हाथी तक से उसका गहरा ताल्लुक हो और कब, कौन-सी चीज कैसे, कब हिलती-डुलती है, उसी के संकेतों पर...

क्षुब्ध हो उसने पुन: अखबार आँखों के आगे फैला लिया। फिर वही अटकाव लुका-छिपी खेलता हुआ उसे छकाने लगा। शब्दों के ढलान पर डग भरती दृष्टि अचानक अस्पष्ट-सी होती, कुन्द हो उठी। लगने लगा कि अब उसे रास्ता नहीं सुझाई देगा। अच्छा हो, पीछे लौट चले और वहीं से शुरू करे, जहाँ से चलने की शुरुआत हुई थी।

"यह क्या..."

"देखिए तो सही।"

"ओसवाल के शेयर मिल गए क्या?"

"वह भी मिल जाएँगे।"

दफ्तर की क्लान्ति—जो घर के लिए निकलने से पूर्व बाथरूम में जाकर पाउडर और लिपस्टिक की तहों के नीचे दबाने की कोशिश के बावजूद हर शाम जबरन घर तक लिपटी चली आती है—ललिता के चेहरे से गायब थी। दुबारा चाय के आग्रह की प्रतिक्रिया में भी न प्रतिदिन जड़ दिया जानेवाला ठेना उछाला गया—"भैया हमें तो लगता है कि हम दफ्तर में फूल चुनने जाते हैं," न साझेदारी के बहाने उसकी दिनचर्या सूँघी गई। विचित्र कहीं से नहीं लगा लेकिन पल-भर को ध्यान खिंचा जरूर।

पत्र पढ़ते-पढ़ते ललिता की गर्वोक्तिपूर्ण चहक उसके इर्द-गिर्द चीलों-सी मँडराने लगी थी, "मेरा प्रमोशन-पत्र...कल से मैं अपने पैकिंग विभाग की इंचार्ज हो जाऊँगी।"

खुशी उसने बाँटनी चाही थी। उतनी ही आँच बाजुओं में भर, जो ललिता के गन्दुमी चेहरे को आत्मविस्मरण की सुखानुभूति से उत्तप्त कर, ताम्बई कर दे। नहीं जानता कि धमनियों में तरंगें भरता चरम आवेश अचानक शिथिल हो, अनमना कैसे हो उठा। उसके अस्थिर हो आए मनोभावों से बेसुध ललिता अपनी ही धुन में बोलती रही कि उसका प्रमोशन कोई मामूली बात नहीं। दवाइयों की इतनी प्रतिष्ठित कम्पनी से साढ़े तीन सौ से भी ऊपर कर्मचारियों वाले पैकिंग विभाग में, मात्र उसे इंचार्ज के पद के लिए चुना जाना अभिमान की बात है और सहकर्मियों के लिए ईर्ष्या का विषय। विभाग के समक्ष डॉ. कोठारी ने उसकी मेहनत, लगन और तत्परता की भूरि-भूरि प्रशंसा की!

"बता नहीं सकती, उनसे प्रशंसा-भाव पाकर कितनी रोमांचित हूँ, कई इनाम पाकर अपने विद्यार्थी जीवन में भी इतनी विभोर नहीं हुई। मैंने उनसे आग्रह किया है लेकिन चाहती हूँ कि इस खुशी के उपलक्ष्य में तुम भी आभार प्रकट करते हुए उन्हें घर खाने पर आमन्त्रित करो।"

ललिता गलत नहीं कह रही। उनकी खुशियाँ बँटी हुई नहीं हैं। बेमन से ही सही, औपचारिकता निभाने में हर्ज ही क्या है?

उसकी उँगलियाँ पुन: टेलीफोन के डायल पर सक्रिय हो उठीं। घंटी बजी कि उस ओर से शालीन, गम्भीर स्वर कानों में टकराया—"डॉ. कोठारी बोल रहा हूँ!"

"हलो...हलो..." उसके ओठ कुछ कहने के लिए उद्यत होते-होते अनायास भिंच गए। कुशल अभिनेता की भाँति फौरन चेहरे पर उलझन का भाव उत्पन्न कर उसने पैंतरा बदला, "भई, कोई नहीं उठा रहा, लगता है घर लौटे ही नहीं।"

रसोई बन्द कर ललिता विस्मित होती हुई पास आकर लेट गई, "सोने में माहिर है हरगोविन्द, कभी-कभी तो डॉ. साहब को घर खुलवाने के लिए फ्लैट का दरवाजा जी-जान से भड़भड़ाना पड़ता है, तब कहीं जाकर उस बेवकूफ की नींद टूटती है। निहायत गैर-जिम्मेदार है। मगर ईमानदार है, इसीलिए बसर हो रही है...चलो छोड़ो, सुबह कर लेना याद करके।"

उसने छुटकारे की साँस ली। उसे तो यही भय सता रहा था कि उत्साह के अतिरेक में कहीं ललिता यह न कह बैठे कि लाओ, मैं स्वयं उन्हें फोन करके तुम्हारी बात करवा देती हूँ।

तब? तब भी बहाना बनाया जा सकता था कि हो सकता है, गलत नम्बर लग गया हो। गलत नम्बर आए दिन लगा ही करते हैं। कुछ क्षण पहले किए गए उसके फोन भी अपवाद हो सकते हैं।

"उमा मित्रा के प्रीतिभोज में जिन अधपके बालोंवाले प्रौढ़ सज्जन से तुमने परिचय करवाया था, डॉ. कोठारी ही थे न?" अपने को सहज साबित करने की मंशा से उसने रूखे होते स्वयं को भरसक चाशनी घोली।

"हूँ।" ललिता की औंघाई हुई हुंकारी डॉ. कोठारी की चर्चा के साथ अचानक चैतन्य हो मृदु हो आई—"वही, वही थे! देखा नहीं था, उस संक्षिप्त-सी मुलाकात में भी उन्होंने तुमसे मेरी कार्य-कुशलता और व्यक्तित्व की कितनी सराहना की थी!"

दिमाग में सलाखें चटखने लगीं। इतराने की भी हद होती है। श्रेयस्कर यही होगा कि वह भी रोने की कोशिश करे। हाँ, सोने से पहले तनिक दरवाजे देख ले। ललिता इस मामले में बेहद लापरवाह है। पिछले हफ्ते की ही बात है, बालकनी का दरवाजा रात-भर खुला पड़ा रहा। सुबह जब उसकी नजर पड़ी तो उसने ललिता को इस असावधानी के लिए खूब फटकारा। बालकनी से सटे, दीवार से लगे हुए पानी के पाइप हैं। उन पाइपों के सहारे कोई भी आराम से उनके फ्लैट में दाखिल हो सकता था। चाहे वे छठे माले पर ही रह रहे हों क्यों न वैसे भी, सेंधमार के लिए क्या छठा क्या दसवाँ...

दरवाजों की सिटकनियाँ चढ़ा वह बिस्तर की ओर लौटने लगा कि सिगरेट पीने की तलब महसूस हुई। सिगरेट उसने महीनों से छोड़ी हुई है। सूखी खाँसी ने त्रस्त कर रखा था। उमड़ती तो लगता आँतें बाहर खींचकर ही दम लेगी। अनेक देशी-विदेशी सीरप और गोलियाँ आजमा डालीं। अन्त में डॉक्टर ने उसे चेतावनी थमा ही दी कि सिगरेट उसके फेफड़ों के लिए विष है। अगर वह किसी भयंकर रोग की कल्पना मात्र से बचना चाहता है तो अपनी सिगरेट पीने की लत से बाज आए। उसे सिगरेट छोड़नी पड़ी।

कहीं-न-कहीं पुराना पैकिट जरूर पड़ा हुआ होगा। डॉक्टर की मनाही से पहले ललिता उसकी महीने-भर की सिगरेटों का कोटा एक साथ लाकर अलमारी में रख दिया करती थी। लेकिन अब कोई बचा-खुचा पैकिट ढूँढ़ निकालना आसान नहीं होगा। खटके से ललिता की नींद उचट सकती है। बेचैनी दबाने के लिए बालकनी में थोड़ा टहल ही ले!

न जाने क्या हुआ कि बालकनी की ओर बढ़ते कदम पलटकर खाने की मेज की ओर यन्त्रचालित-से बढ़ गए। मेज पर ललिता का बैग रखा हुआ है। बैग वह अलमारी के भीतर रखकर नहीं सोती। शायद इस खयाल से कि तड़के उसको दूध की बोतलों के पैसे चुकता करने होते हैं; बर्तन-पोछा निपटाने आई हुई बाई से नाश्ते के लिए अंडे, डबलरोटी, मक्खन या कोई अन्य आवश्यक वस्तु मँगवानी होती है। प्रमोशन लेटर भी तो उसके पढ़ लेने के बाद उसने अपने उसी बैग में तह करके रख लिया था।

हाथ लम्बा कर वह मेज पर रखा हुआ बैग अपनी ओर खिसका लेता है। सावधानीपूर्वक उसकी चेन इस तरह खोलता है कि कहीं चेन खुलने की सर्राहट मात्र से ललिता आँखें न खोल बैठे। तीसरे खाने में मोड़कर रखा हुआ प्रमोशन लेटर भीतर से अभेद्य भीति में सेंध लगानेवाले चतुर मूस-सा उसे मुँह बिरा रहा है।

"क्या घपला करती रहती हो?" उसके तमतमाए मुख पर दृष्टि पड़ते ही टाइपराइटर पर तेज गति से दौड़ रही रेखा की उँगलियाँ सहम उठती हैं? जगह-जगह लाल स्याही से रेखांकित शब्दों की ओर संकेत करते हुए कुछेक पल पहले रेखा द्वारा टंकित पत्र उसके सामने लगभग फेंकते हुए वह चीख पड़ा था—"वर्तनी की इतनी अशुद्धियाँ! एक वाक्य में वही शब्द एकदम सही लिखोगी, दूसरी पंक्ति में गलत, क्या हो गया है तुम्हारी समझ को?"

"जब तलक मैं विभाग में हूँ गनीमत समझो, सब सँभला रहेगा...आगे तुम्हारी इन लापरवाहियों को कौन नजरअन्दाज कर पाएगा? कागज लेकर फौरन मेरे कमरे में आओ।"

लौटते हुए उसने अपनी ज्यादती को महसूस किया कि उसके तीखे कटाक्षों और खीज-भरे व्यवहार ने पूरे विभाग के सामने एक लड़की की स्थिति बड़ी विचित्र कर दी है। उसे रेखा को यूँ सरेआम प्रताड़ित नहीं करना चाहिए था। एक क्षण के लिए भी उसे और डाँटता तो निश्चित ही वह धैर्य खोकर रो पड़ती।

हुआ भी यही। उसकी मेज तक आते-आते रेखा अपने को संयमित नहीं रख पाई।

इस अप्रत्याशित स्थिति के लिए वह कतई तैयार नहीं था। अजीब-सी उलझन

में पड़ गया। सान्त्वना देने रेखा के निकट पहुँचा तो पता नहीं किस आवेगवश संयम खोकर उसे एकाएक अंक में भर लिया। भूलकर कि यह दफ्तर है...न घर, न किसी निर्जन स्थान का एकान्त। भान हुआ तो अपनी अशोभनीय हरकत पर लज्जित होता हुआ कुर्सी पर आ बैठा।

रेखा कुछ देर बाद प्रकृतिस्थ हो कमरे से बाहर निकलकर सीधा बाथरूम में घुस गई, ताकि अपनी मेज तक पहुँचते स्वयं को दूसरों के सामने होने लायक व्यवस्थित कर ले। लंच का समय हो चुका था। अच्छा ही हुआ कि लोग अपने खाने के डिब्बे के साथ या तो कैंटीन की ओर चल दिए थे या फिर अपने किसी संगी-साथी की मेज की ओर।

उस दिन के बाद उसने रेखा की त्रुटियाँ उसकी मेज पर जाकर नहीं, बल्कि अपने कमरे में बुलाकर बतानी और सुधारनी शुरू कर दी थीं।

'प्रिया गेस्ट हाउस' के कमरा नम्बर ग्यारह में उस रोज उसने रेखा को एक साथ दो खुशखबरियाँ दी थीं—"बधाई! तुम्हारा प्रमोशन हो गया है।"

सुनकर रेखा के अंडाकार साँवले चेहरे पर तैर आए अविश्वास के काई को काछ उसने उसे यह भी सूचित किया कि कल सुबह उसे उसका पदोन्नति-पत्र मिल जाएगा, अब तुम टाइपिस्ट से स्टेनोग्राफर हो जाओगी! लेकिन तुम्हें जल्द-से-जल्द शार्टहैंड में निपुणता पा लेनी होगी...और हाँ, मैं इसी पहली से मुख्यालय में स्थानान्तरित हो रहा हूँ, मेरी कोशिश होगी कुछ दिनों के भीतर तुम्हें भी वहीं बुला लूँ।"

रेखा के सलोने चेहरे पर सावनी बादलों की पनियाई पुलकन उतर आई। कृतज्ञता ज्ञापित करती उसकी भूरी आँखों का ठहराव पलों तक उसके चेहरे को अपनी गुलगुली गदेलियों से सहलाता रहा था।

ललिता सुन्दर है मगर उसमें नमक का अभाव है। उसने सोचा था मर्द बिना नमक के कैसे रह सकता है!

ठीक वैसी ही पुलकन आज बरसों बाद उसे ललिता के चेहरे पर आलोड़ित होती दिखाई दे रही थी। महसूस हो रहा है कि जैसे मुट्ठियों में कसी हुई विश्वास की

डोर का सिरा बलात् उसे किसी अन्धकूप की ओर घसीटे लिए जा रहा है। वह कोशिश करके भी ललिता की इस खुशी को मुक्त हृदय से नहीं स्वीकार कर पा रहा। कोई तर्क उसके तनाव को निरस्त नहीं होने दे रहा कि हो सकता है, जो कुछ वह सोच रहा है, वह मात्र उसके कुंठित मन की उपज हो! लेकिन, ललिता का डॉ. कोठारी के प्रति मोहग्रस्त साधिकार आचरण मात्र श्रद्धा नहीं हो सकती, न बॉस के प्रति औपचारिक आदर-भाव। वह भी दफ्तर में काम करता है और पिछले बारह वर्षों से निरन्तर कर रहा है। दफ्तरीय आचार-व्यवहार उसके लिए पहेली नहीं!

सोती हुई ललिता पर उसकी क्षुब्ध दृष्टि घूमी तो हाथों के बीच लहरा रहा प्रमोशन-पत्र भींचती मुट्ठी में गुड़मुड़ाकर गोली की शक्ल में परिवर्तित हो उठा।

सुबह चाय के लिए ललिता के उठाने पर जगा तो सिर की पके फोड़े-सी टीसती पीड़ा ने उसे और भी असहज कर दिया। कितने जरूरी काम आज निपटाने हैं। सक्सेना साहब छुट्टी पर चल रहे हैं। उनके जिम्मे का काम भी आजकल उसे ही देखना पड़ रहा है। दफ्तर पहुँचते ही चपरासी मेज पर फाइलों का अम्बार लगा देता है, तिस पर हर आधे घंटे बाद बड़े साहब का बुलावा। हर बात को लेकर जवाब तलब। स्थानीय कार्यालय और मुख्यालय की कार्य-पद्धति में जमीन-आसमान का अन्तर है। स्थानीय कार्यालय में वह अपने विभाग का राजा था। मातहतों पर खासा रौब गालिब कर लेता था। मुख्यालय में उसके जैसे पचीसों महन्त एक ही मंच पर अपनी-अपनी मेजों पर गरदनें झुकाए हुए फाइलें निबटा रहे हैं। भला कौन किसके सिर की कलगी सराहे? कितना खुश हुआ था वह मुख्यालय में अपने स्थानान्तरण को लेकर...

ललिता की स्फूर्ति पूर्ववत् कायम दिखी। दूसरी चाय देते ही उसने सदैव की भाँति उसे फटाफट उठ जाने और नहा-धो लेने की चेतावनी दोहरानी शुरू कर दी। सामना टालने की गरज से वह अखबार बगल में दबा पाखाने में जा घुसा लेकिन नाश्ते के समय मुठभेड़ टालना मुमकिन नहीं। वही समय होता है जब वे पाँच-सात मिनट संग बैठे हुए, घड़ी की सूइयों पर चौकन्नी दृष्टि टिकाए पूरे दिन के अपने-

अपने कार्यक्रमों के विषय में परस्पर बतिया लेते हैं। ललिता अधिकांशत: सही समय पर, उससे पहले घर लौट आती है। वह अक्सर थोड़ा विलम्ब से लौटता है। जब से सरकारी दफ्तरों में पाँच दिनों का कामकाज शुरू हुआ है तब से उसे निकलना भी ललिता से पहले पड़ता है और लौटना भी उसके बाद होता है। मगर यह किसी के निर्दोष होने का प्रमाण नहीं है कि वह दफ्तर के लिए समय से निकलता है और शाम को समय से घर लौटता है। करने पर उतर आओ तो कोई हाथ धर सकता है? रेखा को देखकर कौन कह सकता था कि...

"टोस्ट चल जाएगा?"

समय से पहले ललिता को तैयार खड़ा देखकर वह तनिक सनका, "पदोन्नति होते ही दफ्तर का समय बदल गया?"

उसके कटाक्ष पर ध्यान न देकर अंडे और टोस्ट की तश्तरी उसकी ओर बढ़ाते हुए उसने कारण सामने रखा। कल मौका और था इसलिए जान-बूझकर उसने इस दु:खद प्रसंग की चर्चा नहीं छेड़ी। मारग्रेट की बड़ी बिटिया भाटिया में दाखिल है। हृदय-रोग विशेषज्ञों ने उसके हृदय में छेद बताया है। आज सुबह ही ऑपरेशन होना है। तय किया है कि भाटिया होते हुए दफ्तर जाएगी, पूरे समय रुक पाना उसके लिए सम्भव नहीं। लेकिन कुछ देर के लिए ही सही, मारग्रेट से मिलती हुई जाएगी तो विपदा की घड़ी में उसे बड़ी सान्त्वना मिलेगी। पैसों आदि की जरूरत के बारे में भी पूछ लेगी। फर्ज बनता है उसका।

अंडा निगलते हुए वह व्यंग्य से मुस्कराया—खूब बहाने हैं! वह जासूसी करने से रहा कि भाटिया हस्पताल जाया जा रहा है या...

"नाश्ता खत्म कर तुम डॉ. कोठारी को फोन जरूर कर लोगे! दिन में उनका फोन पर उपलब्ध हो पाना मुश्किल है, संडे की दोपहर का ही पक्का कर लो।"

"दिन में उनका फोन पर..." फिर वही अधिकारपूर्ण रवैया! लगा कि पुआल के ढेर को सुलगती तीली छू गई, "मैं किसी कोठारी-वोठारी को फोन नहीं करता। जानता हूँ, डॉ. कोठारी तुम पर इतने मेहरबान क्यों हैं...इस कम्पनी में नौकरी करते हुए तुम्हें तीन साल भी पूरे नहीं हुए, तीन साल में इतना बड़ा प्रमोशन? विभाग में तुम्हारी बनिस्बत अनेक वरिष्ठ, अनुभवी, योग्य व्यक्ति पड़े हुए हैं। इतने वर्षों से

उनका नम्बर नहीं लग रहा है, तुम अचानक तीन सौ लोगों को पछाड़ विभाग की इंचार्ज हो गईं?"

सुनकर ललिता स्तब्ध हो उठी—इतना घृणित संशय! लांछन लगाते हुए उसके विवेक ने एक पल के लिए भी नहीं सोचा कि वह कितना अनर्गल बक रहा है और किसके लिए कह रहा है? कल सन्ध्या से ही उसके उपेक्षापूर्ण व्यवहार को वह उसकी अस्वस्थता और कुछ उसके अन्तर्मुखी स्वभाव की संक्षिप्तता मानकर सहज भाव से लेती रही थी। वह वस्तुत: और कुछ नहीं, बल्कि उसकी ओछी मानसिकता का फितूरी कीड़ा था जो उसकी जिन्दगी के इस महत्त्वपूर्ण अवसर पर उसे न खुलकर हँसने दे रहा था, न बोलने , न खुशी बाँटने!

असहिष्णु वह स्वभाव से थोड़ा है ही, किन्तु उसके छोटे-मोटे उलाहनों और मुँह-फुलौव्वल को वह सदैव अधिकारों की नोक-झोंक मानकर अनदेखा करती रही। उसे क्या पता था कि यह परस्पर अधिकारों की नोक-झोंक नहीं, उसकी कुंठित मानसिकता की टिप्पणियाँ हैं। छि:! क्यों सुने वह उसका अनर्गल प्रलाप। खामोश रह जाना तो उन्हें स्वीकृति प्रदान करना ही होगा।

आखिर पत्नी से नौकरी करवाते ही क्यों हैं उस जैसे लोग? क्या सोचकर ब्याह के विज्ञापन में 'नौकरीशुदा लड़की को प्राथमिकता' वाला वाक्य जुड़वाते हैं? कितनी खुश हुई थी वह सम्बन्धों की बात आगे बढ़ने पर कि चलो, कोई ऐसा लड़का तो मिला जो स्त्री की स्वतन्त्रता और उसके स्वावलम्बन का पक्षधर है। क्या मालूम था कि यह स्त्री के स्वावलम्बन को महत्त्व देना नहीं, अपितु उसे पैसों की टकसाल मानकर इस्तेमाल की राजनीति है।

पुरुष की पदोन्नति हो तो वह उसकी लगन और मेहनत का परिणाम है, स्त्री अगर अपनी लगन और परिश्रम से उन्नति करे तो वह उसकी अपनी प्रतिभा नहीं, किसी डॉ. कोठारी की अनुकम्पा है...और बीच में शरीर आए बिना यह सम्भव नहीं!

क्रोध से उसकी चेतना सुलग उठी। धैर्य चुक गया—"छि:-छि:, इतने बड़े भद्र पुरुष के प्रति तुम्हारे ऐसे कुत्सित विचार? होश में तो हो?"

"ठीक कह रही हो! होश में होना तो नहीं चाहिए लेकिन संयोगवश होश में हूँ और ऐसे भद्र पुरुषों की जन्मपत्री मैं खूब अच्छी तरह बाँच लेता हूँ।

डॉ. कोठारी के साथ तुम्हारा काम करना मुझे बरदाश्त नहीं! पारिवारिक हित में यही उचित होगा कि तुम मेरी आँखों में धूल झोंकना छोड़कर सीधे-सीधे घर बैठो।"

"इसका निर्णय तुम कैसे करोगे?"

"तो कौन करेगा?"

"न नौकरी मैंने तुमसे पूछकर की थी, न तुम्हारे कहने पर छोड़ूँगी।"

"ठीक है। अच्छी तरह सोच लो, नौकरी और घर में से तुम्हें क्या चुनना है।"

"सोचना मुझे नहीं है, सुभाष! सोचना तुम्हें है...मानसिक तौर पर रुग्ण तुम हो, मैं नहीं! कान खोलकर सुन लो, तुम्हारी कुंठाओं द्वारा रचा हुआ सत्य मेरी नियति नहीं बन सकता।"

पॉलीथिन की थैली में लिपटा हुआ अपना खाने का डिब्बा उठा ललिता उसे ज्यों-का-त्यों छोड़कर दरवाजे से बाहर हो गई।

(1987)

❑❑❑